瑞蘭國際

瑞蘭國際

還來得及！

新日檢N1 文字 語彙
考前7天衝刺班

元氣日語編輯小組　編著

關鍵考前1週，用單字決勝吧！

　　從舊日檢4級到新日檢N1～N5，雖然題型題數都有變革，但基本要求的核心能力從未改變，就是「活用日語聽、說、讀、寫」的能力，而這四大能力的基礎，就是單字。不論是語意、單字用法，或是漢字的寫法、讀音等等，備齊了足夠的字彙量，就像練好基本功，不僅能提升「言語知識」單科的成績，也才能領會「讀解」的考題、聽懂「聽解」的問題。

　　「文字・語彙」屬於「言語知識」一科，除了要了解單字的意義、判斷用法之外，更要熟記並分辨漢字語的讀音。對處在漢字文化圈的我們而言，雖然可以從漢字大致判斷語意或音讀，但也容易因此混淆了「長音」、「促音」、「濁音」的有無，而訓讀的漢字音也因為與平常發音相差甚遠，必須特別留意。

　　準備考試是長期抗戰，除了平常累積實力之外，越接近考期，越是要講求讀書效率，這時需要的是求精而不貪多，確認自己的程度，針對還不熟的地方加強複習。

　　如果你已經準備許久、蓄勢待發，請利用這本書在考前做最後的檢視，一方面保持顛峰實力，一方面發掘自己還不夠熟練的盲點，再做補強。

倘若你覺得準備還不夠充分，請不要輕言放棄，掌握考前7天努力衝刺，把每回練習與解析出現的文字語彙認真熟記，用最有效率的方式，讓學習一次就到位，照樣交出漂亮的成績。

　　本書根據日本國際教育支援協會、日本國際交流基金會所公布新日檢出題範圍，由長期教授日文、研究日語檢定的作者群執筆編寫。1天1回測驗，立即解析，再背誦出題頻率最高的分類單字，讓「學習」與「演練」完整搭配。有你的努力不懈、加上瑞蘭國際出版的專業輔導，就是新日檢的合格證書。

　　考前7天，讓我們一起加油吧！

元氣日語編輯小組

戰勝新日檢，掌握日語關鍵能力

元氣日語編輯小組

日本語能力測驗（日本語能力試験）是由「日本國際教育支援協會」及「日本國際交流基金會」，在日本及世界各地為日語學習者測試其日語能力的測驗。自1984年開辦，迄今已近30年，每年報考人數節節升高，是世界上規模最大、也最具公信力的日語考試。

新日檢是什麼？

近年來，除了一般學習日語的學生之外，更有許多社會人士，為了在日本生活、就業、工作晉升等各種不同理由，參加日本語能力測驗。同時，日本語能力測驗實行20多年來，語言教育學、測驗理論等的變遷，漸有改革提案及建言。在許多專家的縝密研擬之下，自2010年起實施新制日本語能力測驗（以下簡稱新日檢），滿足各層面的日語檢定需求。

除了日語相關知識之外，新日檢更重視「活用日語」的能力，因此特別在題目中加重溝通能力的測驗。同時，新日檢也由原本的4級制（1級、2級、3級、4級）改為5級制（N1、N2、N3、N4、N5），新制的「N」除了代表「日語（Nihongo）」，也代表「新（New）」。新舊制級別對照如下表所示：

新日檢N1	比舊制1級的程度略高
新日檢N2	近似舊制2級的程度
新日檢N3	介於舊制2級與3級之間的程度
新日檢N4	近似舊制3級的程度
新日檢N5	近似舊制4級的程度

新日檢N1和舊制相比，有什麼不同？

　　新日檢N1的考試科目，由舊制的文字語彙、文法讀解、聽解三科整合為「言語知識・讀解」與「聽解」二大科目，不管在考試時間、成績計算方式或是考試內容上也有一些新的變化，詳細考題如後文所述。

　　舊制1級總分是400分，考生只要獲得280分就合格。而新日檢N1除了總分大幅變革減為180分外，更設立各科基本分數標準，也就是總分須通過合格分數（＝通過標準）之外，各科也須達到一定成績（＝通過門檻），如果總分達到合格分數，但有一科成績未達到通過門檻，亦不算是合格。各級之總分通過標準及各分科成績通過門檻請見下表。

N1總分通過標準及各分科成績通過門檻			
總分通過標準	得分範圍	0~180	
	通過標準	100	
分科成績通過門檻	言語知識（文字‧語彙‧文法）	得分範圍	0~60
		通過門檻	19
	讀解	得分範圍	0~60
		通過門檻	19
	聽解	得分範圍	0~60
		通過門檻	19

　　從上表得知，考生必須總分100分以上，同時「言語知識（文字‧語彙‧文法）」、「讀解」、「聽解」皆不得低於19分，方能取得N1合格證書。而從分數的分配來看，「聽解」與「讀解」的比重都提高了，尤其是聽解部分，分數佔比約為1/3，表示新日檢將透過提高聽力與閱讀能力來測試考生的語言應用能力。

　　此外，根據新發表的內容，新日檢N1合格的目標，是希望考生能應用、理解各種不同場合中所會接觸到的日文。

新日檢程度標準		
新日檢 N1	閱讀（讀解）	・閱讀議題廣泛的報紙評論、社論等，了解複雜的句子或抽象的文章，理解文章結構及內容。 ・閱讀各種題材深入的讀物，並能理解文脈或是詳細的意含。
	聽力（聽解）	・在各種場合下，以自然的速度聽取對話、新聞或是演講，詳細理解話語中內容、提及人物的關係、理論架構，或是掌握對話要義。

新日檢N1的考題有什麼？

　　新日檢N1除了延續舊制日檢既有的考試架構，更加入了新的測驗題型，所以考生不能只靠死記硬背，而必須整體提升日文應用能力。考試內容整理如下表所示：

考試科目（時間）			題型		
			大題	內容	題數
言語知識（文字・語彙・文法）・讀解	文字・語彙	1	漢字讀音	選擇漢字的讀音	6
		2	文脈規定	根據句意選擇正確的單字	7
		3	近義詞	選擇與題目意思最接近的單字	6
		4	用法	選擇題目在句子中正確的用法	6
	文法	5	文法1（判斷文法形式）	選擇正確句型	10
		6	文法2（組合文句）	句子重組（排序）	5
		7	文章文法	文章中的填空（克漏字），根據文脈，選出適當的語彙或句型	5

110
分鐘

考試科目 （時間）		題型		
		大題	內容	題數
言語知識（文字・語彙・文法）・讀解	讀解	8 內容理解 （短文）	閱讀題目（包含生活、工作等各式話題，約200字的文章），測驗是否理解其內容	4
		9 內容理解 （中文）	閱讀題目（評論、解說、隨筆等，約500字的文章），測驗是否理解其因果關係、理由、或作者的想法	9
		10 內容理解 （長文）	閱讀題目（解說、隨筆、小說等，約1000字的文章），測驗是否理解文章概要或是作者的想法	4
		11 綜合理解	比較多篇文章相關內容（約600字）、並進行綜合理解	3
		12 主旨理解 （長文）	閱讀社論、評論等抽象、理論的文章（約1000字），測驗是否能夠掌握其主旨或意見	4
		13 資訊檢索	閱讀題目（廣告、傳單、情報誌、書信等，約700字），測驗是否能找出必要的資訊	2
聽解		1 課題理解	聽取具體的資訊，選擇適當的答案，測驗是否理解接下來該做的動作	6
		2 重點理解	先提示問題，再聽取內容並選擇正確的答案，測驗是否能掌握對話的重點	7
		3 概要理解	測驗是否能從聽力題目中，理解說話者的意圖或主張	6
		4 即時應答	聽取單方提問或會話，選擇適當的回答	14
		5 統合理解	聽取較長的內容，測驗是否能比較、整合多項資訊，理解對話內容	4

60分鐘

其他關於新日檢的各項改革資訊，可逐查閱「日本語能力試驗」官方網站http://www.jlpt.jp/。

台灣地區新日檢相關考試訊息

測驗日期：每年七月及十二月第一個星期日

測驗級數及時間：N1、N3在下午舉行；N2、N4、N5在上午舉行

測驗地點：台北、台中、高雄

報名時間：第一回約於四月初，第二回約於九月初

實施機構：財團法人語言訓練測驗中心

　　　　　（02）2365-5050

　　　　　http://www.lttc.ntu.edu.tw/JLPT.htm

如何使用本書

即使考試迫在眉睫，把握最後關鍵7天，一樣能輕鬆通過新日檢！

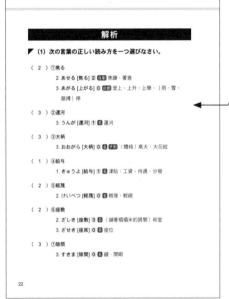

倒數 第7~2天　確保程度

1天1回測驗，立即解析N1範圍內的文字語彙，詞性、重音、釋義詳盡，了解自我程度，針對不足處馬上補強！

考前 1天　模擬測驗

全真模擬試題，透視新日檢N1考題，拿下合格關鍵分！

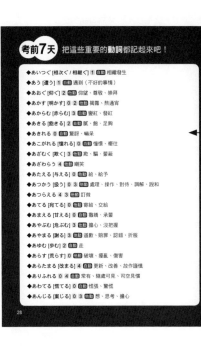

考前7天 把這些重要的動詞都記起來吧！

- ◆あいつぐ [相次ぐ / 相継ぐ] ① 自動 相繼發生
- ◆あう [遭う] ① 自動 遇到（不好的事情）
- ◆あおぐ [仰ぐ] ② 他動 仰望、尊敬、崇拜
- ◆あかす [明かす] ０ ② 他動 揭露、熬通宵
- ◆あからむ [赤らむ] ③ 自動 變紅、發紅
- ◆あきる [飽きる] ② 自動 膩、飽、足夠
- ◆あきれる ０ 自動 驚訝、嚇呆
- ◆あこがれる [憧れる] ０ 自動 憧憬、嚮往
- ◆あざむく [欺く] ③ 他動 欺、騙、蒙蔽
- ◆あざわらう ④ 他動 嘲笑
- ◆あたえる [与える] ０ 他動 給、給予
- ◆あつかう [扱う] ０ ③ 他動 處理、操作、對待、調解、說和
- ◆あつらえる ４ ③ 他動 訂做
- ◆あてる [宛てる] ０ 他動 寄給、交給
- ◆あまえる [甘える] ０ 自動 撒嬌、承蒙
- ◆あやぶむ [危ぶむ] ③ 他動 擔心、沒把握
- ◆あやまる [謝る] ③ 他動 道歉、賠罪、認錯、折服
- ◆あゆむ [歩む] ② 自動 走
- ◆あらす [荒らす] ０ 他動 破壞、擾亂、傷害
- ◆あらたまる [改まる] ４ 自動 更新、改善、故作謹慎
- ◆ありふれる ０ ４ 自動 常有、隨處可見、司空見慣
- ◆あわてる [慌てる] ０ 自動 慌張、驚慌
- ◆あんじる [案じる] ０ ③ 他動 想、思考、擔心

28

PLUS!! 考前7天 必背單字

　　除了解析出現過的單字，還依詞性分類，精選出題頻率最高的單字，完整擴充單字量。每天寫完測驗題後立即背誦，分秒必爭，學習滿分！

	本書略語一覽表			
名	名詞	ナ形	ナ形容詞（形容動詞）
代	代名詞	連體	連體詞
感	感嘆詞	接續	接續詞
副	副詞	接頭	接頭語
自動	自動詞	接尾	接尾語
他動	他動詞	連語	連語詞組
自他動	自他動詞	０１２…	重音（語調）標示
イ形	イ形容詞（形容詞）		

目　錄

考前衝刺
第一回

▧（1）次の言葉の正しい読み方を一つ選びなさい。

（　　）①焦る

    1. あさる　　　2. あせる　　　3. あがる　　　4. あじる

（　　）②運河

    1. うんせん　　2. うんこう　　3. うんが　　　4. うんか

（　　）③大柄

    1. おおへん　　2. おおびん　　3. おおがら　　4. おおへい

（　　）④給与

    1. きゅうよ　　2. きょうよ　　3. きゅうゆ　　4. きょうゆ

（　　）⑤軽蔑

    1. けいへつ　　2. けいべつ　　3. けいへい　　4. けいべい

（　　）⑥座敷

    1. ざしく　　　2. ざしき　　　3. ざせき　　　4. ざこい

（　　）⑦隙間

    1. すうま　　　2. すすま　　　3. すきま　　　4. すいま

（　　）⑧相違

    1. そいい　　　2. そんい　　　3. そうい　　　4. そんち

（　　）⑨中断

    1. ちゅうだん　　　　　　　2. ちゅうたん

    3. ちょんだん　　　　　　　4. ちょんたん

（　　）⑩出来物

    1. できもの　　2. できぶつ　　3. でくもの　　4. でくぶつ

（　　）⑪内閣

    1. ないかく　　2. ないかい　　3. ないぐ　　4. ないごく

（　　）⑫盗む

    1. ぬすむ　　2. ぬいむ　　3. ぬかむ　　4. ぬくむ

（　　）⑬罵る

    1. のんのる　　2. ののしる　　3. のしのる　　4. のしまる

（　　）⑭匹敵

    1. ひってき　　2. ひつてき　　3. ひきてき　　4. ひらてき

（　　）⑮便所

    1. へんじょ　　2. べんじょ　　3. べんどころ　　4. へんところ

（　　）⑯免れる

    1. まねがれる　　　　　　　2. まぬがれる

    3. まのがれる　　　　　　　4. またがれる

（　　）⑰無邪気

    1. むじゃき　　2. むしゃき　　3. むちゃき　　4. むぢゃき

（　　　）⑱貰う

    1. もわう　　　2. もらう　　　3. もしう　　　4. もとう

（　　　）⑲優越

    1. ゆうえん　　2. ゆうえつ　　3. ゆうえい　　4. ゆうえき

（　　　）⑳来賓

    1. らいにん　　2. らいひん　　3. らいさん　　4. らいかん

（　　　）㉑留守番

    1. るしゅばん　　　　　　　2. るしゅはん

    3. るすばん　　　　　　　　4. るすはん

（　　　）㉒浪費

    1. ろうぴ　　　2. ろんひ　　　3. ろうひ　　　4. ろんぴ

▶ （2）次の言葉の正しい漢字を一つ選びなさい。

（　　　）①いせき

    1. 居跡　　　2. 遺跡　　　3. 移跡　　　4. 伊跡

（　　　）②えいよう

    1. 栄誉　　　2. 養分　　　3. 栄養　　　4. 力量

（　　　）③がくふ

    1. 楽器　　　2. 楽譜　　　3. 楽曲　　　4. 楽音

（　　　）④くうふく

    1. 空港　　　2. 空気　　　3. 空中　　　4. 空腹

(　　) ⑤こうせい

　　　　1. 構築　　　　2. 構造　　　　3. 構成　　　　4. 構想

(　　) ⑥じつえき

　　　　1. 実益　　　　2. 実利　　　　3. 際益　　　　4. 際利

(　　) ⑦せいみつ

　　　　1. 製密　　　　2. 精満　　　　3. 精密　　　　4. 製満

(　　) ⑧たび

　　　　1. 旅　　　　　2. 行　　　　　3. 宿　　　　　4. 泊

(　　) ⑨つな

　　　　1. 網　　　　　2. 線　　　　　3. 綱　　　　　4. 綾

(　　) ⑩とけい

　　　　1. 時計　　　　2. 鐘計　　　　3. 時金　　　　4. 鐘時

(　　) ⑪にえる

　　　　1. 炒える　　　2. 蒸える　　　3. 煮える　　　4. 焼える

(　　) ⑫ねこ

　　　　1. 狐　　　　　2. 猫　　　　　3. 狸　　　　　4. 犬

(　　) ⑬はなび

　　　　1. 花火　　　　2. 煙火　　　　3. 花煙　　　　4. 火花

(　　) ⑭ふせぐ

　　　　1. 塞ぐ　　　　2. 法ぐ　　　　3. 防ぐ　　　　4. 噴ぐ

（　　）⑮ほころびる

    1. 萎びる　　　2. 壊びる　　　3. 綻びる　　　4. 滅びる

（　　）⑯みじん

    1. 微塵　　　2. 塵芥　　　3. 埃塵　　　4. 三塵

（　　）⑰めす

    1. 召す　　　2. 示す　　　3. 記す　　　4. 表す

（　　）⑱やすっぽい

    1. 甘っぽい　　2. 低っぽい　　3. 安っぽい　　4. 温っぽい

（　　）⑲よあけ

    1. 余空け　　　2. 世開け　　　3. 夜明け　　　4. 代飽け

（　　）⑳りく

    1. 陝　　　2. 陵　　　3. 隆　　　4. 陸

（　　）㉑れいぞうこ

    1. 冷凍庫　　2. 冷蔵庫　　3. 冷蔵室　　4. 冷凍室

（　　）㉒わかわかしい

    1. 瑞々しい　　2. 煩々しい　　3. 軽々しい　　4. 若々しい

解答

▶ **(1) 次の言葉の正しい読み方を一つ選びなさい。**

① 2　② 3　③ 3　④ 1　⑤ 2

⑥ 2　⑦ 3　⑧ 3　⑨ 1　⑩ 1

⑪ 1　⑫ 1　⑬ 2　⑭ 1　⑮ 2

⑯ 2　⑰ 1　⑱ 2　⑲ 2　⑳ 2

㉑ 3　㉒ 3

▶ **(2) 次の言葉の正しい漢字を一つ選びなさい。**

① 2　② 3　③ 2　④ 4　⑤ 3

⑥ 1　⑦ 3　⑧ 1　⑨ 3　⑩ 1

⑪ 3　⑫ 2　⑬ 1　⑭ 3　⑮ 3

⑯ 1　⑰ 1　⑱ 3　⑲ 3　⑳ 4

㉑ 2　㉒ 4

解析

▼ （1） 次の言葉の正しい読み方を一つ選びなさい。

（ 2 ）①焦る

    2. あせる [焦る] 2 **自動** 焦躁、著急

    3. あがる [上がる] 0 **自動** 登上、上升、上學、（雨、雪、

    脈搏）停

（ 3 ）②運河

    3. うんが [運河] 1 **名** 運河

（ 3 ）③大柄

    3. おおがら [大柄] 0 **名** **ナ形** （體格）高大、大花紋

（ 1 ）④給与

    1. きゅうよ [給与] 1 **名** 津貼、工資、待遇、分發

（ 2 ）⑤軽蔑

    2. けいべつ [軽蔑] 0 **名** 輕蔑、輕視

（ 2 ）⑥座敷

    2. ざしき [座敷] 3 **名** （鋪著榻榻米的房間）和室

    3. ざせき [座席] 0 **名** 座位

（ 3 ）⑦隙間

    3. すきま [隙間] 0 **名** 縫、閒暇

（　3　）⑧相違

　　　　　3. そうい [相違] 0 名 差別、不符合、差異

（　1　）⑨中断

　　　　　1. ちゅうだん [中断] 0 名 中斷

（　1　）⑩出来物

　　　　　1. できもの [出来物] 3 0 名 膿包

（　1　）⑪内閣

　　　　　1. ないかく [内閣] 1 名 內閣

（　1　）⑫盗む

　　　　　1. ぬすむ [盗む] 2 他動 偷竊、抽空

（　2　）⑬罵る

　　　　　2. ののしる [罵る] 3 自他動 罵、咒罵

（　1　）⑭匹敵

　　　　　1. ひってき [匹敵] 0 名 匹敵、比得上

（　2　）⑮便所

　　　　　2. べんじょ [便所] 3 名 廁所

（　2　）⑯免れる

　　　　　2. まぬがれる [免れる] 4 他動 避免

（　1　）⑰無邪気

　　　　　1. むじゃき [無邪気] 1 名 ナ形 天真無邪、未經深思熟慮

（ 2 ）⑱貰う

    2. もらう [貰う] 0 **他動** 獲得、接受、讓他人成為己方一員、承擔

（ 2 ）⑲優越

    2. ゆうえつ [優越] 0 **名** 優越

    4. ゆうえき [有益] 0 **名** **ナ形** 有益

（ 2 ）⑳来賓

    2. らいひん [来賓] 0 **名** 來賓

    4. らいかん [来館] 0 **名** 來館

（ 3 ）㉑留守番

    3. るすばん [留守番] 0 **名** 看家、看家的人、守門人

（ 3 ）㉒浪費

    3. ろうひ [浪費] 0 1 **名** 浪費

▶ (2) 次の言葉の正しい漢字を一つ選びなさい。

（ 2 ）①いせき

    2. いせき [遺跡] 0 **名** 遺跡、故址

（ 3 ）②えいよう

    2. ようぶん [養分] 1 **名** 養分

    3. えいよう [栄養] 0 **名** 營養

（ 2 ）③がくふ

    1. がっき [楽器] 0 **名** 樂器

    2. がくふ [楽譜] 0 **名** 樂譜

    3. がっきょく [楽曲] 0 **名** 樂曲

（ 4 ）④くうふく

    1. くうこう [空港] 0 名 機場

    2. くうき [空気] 1 名 空氣、氣氛

    3. くうちゅう [空中] 0 名 空中

    4. くうふく [空腹] 0 名 空腹、飢餓

（ 3 ）⑤こうせい

    2. こうぞう [構造] 0 名 構造、結構

    3. こうせい [構成] 0 名 構成、組成

    4. こうそう [構想] 0 名 構想、構思

（ 1 ）⑥じつえき

    1. じつえき [実益] 0 名 實際利益、現實利益

（ 3 ）⑦せいみつ

    3. せいみつ [精密] 0 名 ナ形 精密

（ 1 ）⑧たび

    1. たび [旅] 2 名 旅行

    2. ～ぎょう [～行] 接尾 （行業、修行）～行

    3. やど [宿] 1 名 家、過夜的地方

    4. ～はく [～泊] 接尾 ～宿、～晩、～夜

（ 3 ）⑨つな

    1. あみ [網] 2 名 網、網子

    2. せん [線] 1 名 線

    3. つな [綱] 2 名 繩索

（　1　）⑩とけい

       1. とけい [時計] `0` **名** 鐘錶

（　3　）⑪にえる

       3. にえる [煮える] `0` **自動** 煮、煮熟、非常氣憤

（　2　）⑫ねこ

       2. ねこ [猫] `1` **名** 貓

       4. いぬ [犬] `2` **名** 狗

（　1　）⑬はなび

       1. はなび [花火] `1` **名** 煙火

       4. ひばな [火花] `1` **名** 火花

（　3　）⑭ふせぐ

       1. ふさぐ [塞ぐ] `0` **自他動** 堵、填、擋、占地方、盡責、鬱悶

       3. ふせぐ [防ぐ] `2` **他動** 防止、預防

（　3　）⑮ほころびる

       1. しなびる [萎びる] `0` `3` **自動** 枯萎、乾癟

       3. ほころびる [綻びる] `4` **自動** （花蕾）綻開、（衣服）脱線

       4. ほろびる [滅びる] `3` `0` **自動** 滅亡、滅絕

（　1　）⑯みじん

       1. みじん [微塵] `0` **名** 微塵、微小、細微、絲毫

（ 1 ）⑰めす

    1. めす [召す] 1 他動 召喚、召幸、「食^たべる」（吃）、「飲^の

    む」（喝）、「する」（做）、「為^なす」（做）等的尊敬語

    2. しめす [示す] 2 他動 出示、指示、標示、露出

    3. しるす [記す] 0 2 他動 書寫、銘記

    4. あらわす [表（わ）す] 3 他動 表示、表現、代表

（ 3 ）⑱やすっぽい

    3. やすっぽい [安っぽい] 4 イ形 低賤的、品質不佳的、沒有

    品格的

（ 3 ）⑲よあけ

    3. よあけ [夜明け] 3 名 清晨、拂曉、（新時代或新事物的）

    開端

（ 4 ）⑳りく

    4. りく [陸] 0 名 陸地、硯心

（ 2 ）㉑れいぞうこ

    1. れいとうこ [冷凍庫] 3 名 冷凍庫

    2. れいぞうこ [冷蔵庫] 3 名 冰箱

（ 4 ）㉒わかわかしい

    4. わかわかしい [若々しい] 5 イ形 朝氣蓬勃的、顯得年輕

    的、不成熟的

◆あいつぐ [相次ぐ / 相継ぐ] 1 **自動** 相繼發生

◆あう [遭う] 1 **自動** 遇到（不好的事情）

◆あおぐ [仰ぐ] 2 **他動** 仰望、尊敬、崇拜

◆あかす [明かす] 0 2 **他動** 揭露、熬通宵

◆あからむ [赤らむ] 3 **自動** 變紅、發紅

◆あきる [飽きる] 2 **自動** 膩、飽、足夠

◆あきれる 0 **自動** 驚訝、嚇呆

◆あこがれる [憧れる] 0 **自動** 憧憬、嚮往

◆あざむく [欺く] 3 **他動** 欺、騙、蒙蔽

◆あざわらう 4 **他動** 嘲笑

◆あたえる [与える] 0 **他動** 給、給予

◆あつかう [扱う] 0 3 **他動** 處理、操作、對待、調解、說和

◆あつらえる 4 3 **他動** 訂做

◆あてる [宛てる] 0 **他動** 寄給、交給

◆あまえる [甘える] 0 **自動** 撒嬌、承蒙

◆あやぶむ [危ぶむ] 3 **他動** 擔心、沒把握

◆あやまる [謝る] 3 **他動** 道歉、賠罪、認錯、折服

◆あゆむ [歩む] 2 **自動** 走

◆あらす [荒らす] 0 **他動** 破壞、擾亂、傷害

◆あらたまる [改まる] 4 **自動** 更新、改善、故作謹慎

◆ありふれる 0 4 **自動** 常有、隨處可見、司空見慣

◆あわてる [慌てる] 0 **自動** 慌張、驚慌

◆あんじる [案じる] 0 3 **他動** 想、思考、擔心

◆いかす [生かす] 2 他動 使活著、留活命

◆いきごむ [意気込む] 3 自動 興致勃勃、充滿幹勁

◆いじる 2 他動 弄、玩弄

◆いたす [致す] 2 他動 （「する」的謙讓語、禮貌語）做

◆いためる [炒める] 3 他動 炒、煎

◆いたる [至る] 2 自動 抵達、到

◆いたわる 3 他動 關懷、慰勞、保養

◆いとなむ [営む] 3 他動 經營、築（巢）

◆いどむ [挑む] 2 自他動 挑戰、挑逗

◆いばる [威張る] 2 自動 自負、高傲、逞威風

◆いる [煎る / 炒る] 1 他動 煎、炒

◆うえる [飢える] 2 自動 飢餓、渴望

◆うかる [受かる] 2 自動 （考試）合格、考上

◆うけつぐ [受（け）継ぐ] 0 3 他動 繼承、遺傳

◆うちあける [打（ち）明ける] 0 4 他動 坦白說出、開誠布公

◆うちこむ [打（ち）込む] 0 3 自他動 打進、投入、埋頭（工作）

◆うつ [討つ] 1 他動 討伐、斬（首）、攻擊

◆うつ [撃つ] 1 他動 （用槍、炮）發射、射擊

◆うったえる [訴える] 4 3 他動 起訴、訴說

◆うつむく 3 0 自動 俯視、低頭

◆うながす [促す] 0 3 他動 催促、促進

◆うばう [奪う] 2 0 他動 奪、消耗

◆うまる [埋まる] 0 自動 淹沒、埋、填滿、擠滿

◆うめる [埋める] 0 他動 埋、填、擠滿

◆うむ [産む] 0 他動 生、分娩、產生、刷新（紀錄）

◆うらむ [恨む] 2 他動 怨恨

◆うりだす [売（り）出す] 3 他動 開賣、（開始）走紅

◆うるおう [潤う] 3 自動 變滋潤、受益、變富裕

◆うわまわる [上回る] 4 自動 超出

◆うわる [植わる] 0 自動 栽種、種植著

◆えがく [描く] 2 他動 畫、描繪

◆えんじる / えんずる [演じる / 演ずる] 0 3 / 0 3 他動 演、表演、扮演

◆おいだす [追（い）出す] 3 他動 趕出、除名

◆おいる [老いる] 2 自動 老、衰老

◆おうじる / おうずる [応じる / 応ずる] 0 3 / 0 3 自動 回應、按照、配合

◆おおう [覆う] 0 2 他動 覆蓋、籠罩、隱瞞

◆おかす [侵す] 2 0 他動 侵犯、侵入、侵害

◆おくらす [遅らす] 0 他動 （同「遅らせる」）延後、拖延

◆おこたる [怠る] 0 3 自他動 怠墮、怠慢、疏忽

◆おごる 0 自他動 請客、奢侈、奢華

◆おさまる [収まる / 納まる] 3 自動 納入、繳納、平息

◆おしこむ [押（し）込む] 3 自他動 塞入、闖入

◆おしむ [惜しむ] 2 他動 愛惜、珍惜

◆おそれいる [恐れ入る] 2 自動 佩服、吃驚、十分抱歉

◆おだてる [煽てる] 0 他動 奉承、恭維

◆おどかす [脅かす] 0 3 他動 威脅、恐嚇

◆おどす [脅す] ０ ２ 他動 威脅、嚇唬

◆おとずれる [訪れる] ４ 自動 拜訪、造訪、到來

◆おとる [劣る] ０ ２ 自動 差、劣

◆おとろえる [衰える] ４ ３ 自動 衰退、衰老

◆おどろかす [驚かす] ４ 他動 震驚、轟動

◆おどろく [驚く] ３ 自動 驚訝、驚恐

◆おびやかす [脅かす] ４ 他動 恐嚇、威脅

◆おびる [帯びる] ２ ０ 他動 帶、佩帶

◆おもむく [赴く] ３ 自動 赴、前往、趨向

◆おもんじる / おもんずる [重んじる / 重んずる] ４ ０ / ４ ０ 他動 注重、重視

◆およぶ [及ぶ] ０ ２ 自動 及、趕得上、到、波及

◆およぼす [及ぼす] ３ ０ 他動 波及、給帶來

◆おる [織る] １ 他動 編織、編造

◆かう [飼う] １ 他動 飼養

◆かえりみる [顧みる / 省みる] ４ 他動 回顧、反省

◆かかげる [掲げる] ０ 他動 揭示、刊登、掀

◆かがやく [輝く] ３ 自動 閃耀

◆かかわる [係わる] ３ 自動 涉及、拘泥

◆かきまわす [掻（き）回す] ０ ４ 他動 攪拌、亂翻

◆かく [欠く] ０ 他動 缺少、缺乏

◆かくれる [隠れる] ３ 自動 隱藏、躲藏

◆かける [駆ける] ２ 自動 奔跑

◆かける [賭ける] 2 他動 賭

◆かさむ 0 2 自動 （數量、金額）增加

◆かざる [飾る] 0 他動 裝飾

◆かすむ [霞む] 0 自動 朦朧、模糊

◆かたむける [傾ける] 4 他動 使～傾斜、傾注

◆かためる [固める] 0 他動 鞏固、堅定

◆かたよる [片寄る] 3 自動 偏、偏向、偏袒

◆かなう [叶う] 2 自動 能實現

◆かねる [兼ねる] 2 他動 兼

◆かばう [庇う] 2 他動 包庇、保護

◆かまえる [構える] 3 他動 構築、做～的姿勢、假裝、捏造

◆かむ [噛む] 1 他動 咬、嚼

◆からむ [絡む] 2 自動 纏住

◆かる [刈る] 0 他動 剪、剃、割

◆かわく [渇く] 2 自動 渴

◆かわす [交（わ）す] 0 他動 互相、交錯、閃開

◆きかざる [着飾る] 3 他動 打扮、盛裝打扮

◆きく [聞く] 0 他動 聽、聽從、打聽、問

◆きしむ 2 自動 嘎嘎作響

◆きずく [築く] 2 他動 築、建築、奠定

◆きずつく [傷付く] 3 自動 受傷、受損、受創

◆きたえる [鍛える] 3 他動 錘鍊、鍛鍊、磨練

◆きたる [来る] 2 自動 來、到來

◆きょうじる / きょうずる [興じる / 興ずる] ０３ / ０３ 自動

　　興高采烈、以～為樂

◆きらう [嫌う] ０ 他動 討厭、忌諱

◆きりかえる [切（り）替える / 切（り）換える] ４３０ 他動

　　轉換、改變、兌換

◆きんじる / きんずる [禁じる / 禁ずる] ０３ / ０３ 他動 禁止

◆くいちがう [食い違う] ０４ 自動 （意見）分歧、不一致、交錯

◆くぐる ２ 自動 穿越、潛、鑽

◆くさる [腐る] ２ 自動 腐壞、生銹、墮落、氣餒

◆くずす [崩す] ２ 他動 拆、弄亂

◆くずれる [崩れる] ３ 自動 崩潰、瓦解、變壞

◆くだく [砕く] ２ 他動 打碎、用心良苦

◆くだける [砕ける] ３ 自動 破碎

◆くちずさむ [口ずさむ] ４ 他動 吟、誦、哼（歌）

◆くちる [朽ちる] ２ 自動 腐朽

◆くみこむ [組（み）込む] ３０ 他動 編入

◆くむ [汲む / 酌む] ０ 他動 打（水）、倒（茶）、斟酌

◆くやむ [悔（や）む] ２ 他動 後悔、哀悼

◆くりかえす [繰（り）返す] ３０ 他動 反覆、重複

◆けずる [削る] ０ 他動 削

◆けなす ０ 他動 貶低

◆ける [蹴る] １ 他動 踢、拒絕

◆こがす [焦がす] ２ 他動 烤焦、焦急

◆こげる [焦げる] 2 自動 烤焦

◆こころがける [心掛ける] 5 他動 留心、注意、準備

◆こころみる [試みる] 4 他動 嘗試、企圖

◆こじれる 3 自動 變複雜、（關係、病情）惡化、變壞

◆こだわる [拘る] 3 自動 拘泥

◆ことなる [異なる] 3 自動 不同

◆こめる [込める] 2 他動 裝、包含～在內、傾注、集中

◆こらす [凝らす] 2 他動 凝聚、傾注、集中、講究

◆こりる [懲りる] 2 自動 受到教訓、得到警惕

◆こる [凝る] 1 自動 僵硬、凝固、熱中、講究、精緻

◆こわす [壊す] 2 他動 弄壞、（將鈔票）找開

◆こわれる [壊れる] 3 自動 壞了、故障、告吹

⋯⋯⋯⋯⋯⋯⋯⋯⋯⋯⋯⋯⋯⋯⋯⋯⋯⋯⋯⋯⋯⋯⋯⋯⋯⋯⋯⋯⋯⋯⋯⋯⋯

◆さえぎる [遮る] 3 他動 擋住、打斷（對話）、遮住

◆さえずる 3 自動 吱吱喳喳（講個不停、叫個不停）

◆さえる [冴える] 2 自動 清澈、皎潔、容光煥發、生氣蓬勃

考前衝刺

第二回

試 題

(1) 次の言葉の正しい読み方を一つ選びなさい。

(　　) ①操る

1. あやつる　2. あやまる　3. あやかる　4. あやうる

(　　) ②薄暗い

1. うすくらい　2. うすぐらい

3. うんくらい　4. うんぐらい

(　　) ③犯す

1. おろす　2. おかす　3. おらす　4. おいす

(　　) ④気象

1. きしょう　2. きぞう　3. きそう　4. きじょう

(　　) ⑤下水

1. けすい　2. げすい　3. けみず　4. げみず

(　　) ⑥残酷

1. さんく　2. ざんこく　3. ざんくう　4. さんこ

(　　) ⑦炊事

1. すいし　2. すいじ　3. すきじ　4. すきごと

(　　) ⑧続々

1. そんそん　2. そくそく　3. ぞくぞく　4. ぞんぞん

（　　）⑨重宝

　　　1. ちょうはう　2. ちょうぼう　3. ちょうほう　4. ちょうばう

（　　）⑩手分け

　　　1. てわけ　　　2. でわけ　　　3. てぶけ　　　4. てふけ

（　　）⑪悩ましい

　　　1. なかましい　　　　　　2. ないましい

　　　3. なやましい　　　　　　4. なもましい

（　　）⑫布

　　　1. ぬさ　　　2. ぬい　　　3. ぬの　　　4. ぬか

（　　）⑬軒

　　　1. のき　　　2. のし　　　3. のり　　　4. のら

（　　）⑭微笑

　　　1. びわら　　　2. ひわら　　　3. びしょう　　　4. ひしょう

（　　）⑮別々

　　　1. へつへつ　2. べつべつ　3. べんべん　4. へなへな

（　　）⑯全く

　　　1. まったく　2. またたく　3. まちたく　4. まっかく

（　　）⑰寧ろ

　　　1. むさろ　　　2. むしろ　　　3. むじろ　　　4. むざろ

(　　) ⑱物凄い

1. ものつこい　　2. ものすこい

3. ものすごい　　4. ものつごい

(　　) ⑲遊園地

1. ゆんえいち　　2. ゆうえんち

3. ゆうおんち　　4. ゆうおうち

(　　) ⑳酪農

1. らくのう　2. らいのう　3. らんのう　4. らんのん

(　　) ㉑類似

1. るいし　2. るいじ　3. るんし　4. るんじ

(　　) ㉒老後

1. ろうこ　2. ろうご　3. ろうあと　4. ろうほう

◤ (2) 次の言葉の正しい漢字を一つ選びなさい。

(　　) ①いと

1. 意見　2. 意度　3. 意味　4. 意図

(　　) ②えらい

1. 浅い　2. 辛い　3. 薄い　4. 偉い

(　　) ③がっち

1. 合作　2. 合知　3. 合致　4. 合同

(　　) ④くろうと

1. 玄米　2. 玄人　3. 素人　4. 素米

（　　　）⑤こうばん

　　　1. 警所　　　　2. 派出　　　　3. 護場　　　　4. 交番

（　　　）⑥しへい

　　　1. 紙幣　　　　2. 硬幣　　　　3. 支幣　　　　4. 日幣

（　　　）⑦せいじゅん

　　　1. 清潤　　　　2. 清純　　　　3. 精純　　　　4. 精粋

（　　　）⑧だいする

　　　1. 題する　　　2. 断する　　　3. 淡する　　　4. 給する

（　　　）⑨つぐない

　　　1. 紡い　　　　2. 障い　　　　3. 賞い　　　　4. 償い

（　　　）⑩とうげ

　　　1. 島　　　　　2. 丘　　　　　3. 峠　　　　　4. 頂

（　　　）⑪になう

　　　1. 持う　　　　2. 似う　　　　3. 負う　　　　4. 担う

（　　　）⑫ねいろ

　　　1. 金色　　　　2. 景色　　　　3. 特色　　　　4. 音色

（　　　）⑬はなやか

　　　1. 盛やか　　　2. 艶やか　　　3. 華やか　　　4. 彩やか

（　　　）⑭ぶたい

　　　1. 踊台　　　　2. 屋台　　　　3. 舞台　　　　4. 講台

（　　）⑮ほがらか

   1. 活らか　　 2. 明らか　　 3. 開らか　　 4. 朗らか

（　　）⑯みずから

   1. 彼ら　　 2. 前ら　　 3. 自ら　　 4. 先ら

（　　）⑰めぐる

   1. 巡る　　 2. 回る　　 3. 廻る　　 4. 周る

（　　）⑱やみ

   1. 闇　　 2. 閤　　 3. 暗　　 4. 黒

（　　）⑲ようちえん

   1. 後楽園　　 2. 保育園　　 3. 幼稚園　　 4. 遊楽園

（　　）⑳りょけん

   1. 旅票　　 2. 旅照　　 3. 旅行　　 4. 旅券

（　　）㉑れんたい

   1. 連携　　 2. 連絡　　 3. 連帯　　 4. 連持

（　　）㉒わたる

   1. 渡る　　 2. 越る　　 3. 超る　　 4. 決る

解答

▌ **(1) 次の言葉の正しい読み方を一つ選びなさい。**

① 1   ② 2   ③ 2   ④ 1   ⑤ 2

⑥ 2   ⑦ 2   ⑧ 3   ⑨ 3   ⑩ 1

⑪ 3   ⑫ 3   ⑬ 1   ⑭ 3   ⑮ 2

⑯ 1   ⑰ 2   ⑱ 3   ⑲ 2   ⑳ 1

㉑ 2   ㉒ 2

▌ **(2) 次の言葉の正しい漢字を一つ選びなさい。**

① 4   ② 4   ③ 3   ④ 2   ⑤ 4

⑥ 1   ⑦ 2   ⑧ 1   ⑨ 4   ⑩ 3

⑪ 4   ⑫ 4   ⑬ 3   ⑭ 3   ⑮ 4

⑯ 3   ⑰ 1   ⑱ 1   ⑲ 3   ⑳ 4

㉑ 3   ㉒ 1

解析

▌ (1) 次の言葉の正しい読み方を一つ選びなさい。

(1) ①操る

    1. あやつる [操る] 3 **他動** 操縦、駕駛、運用自如

    2. あやまる [誤る] 3 **自他動** 錯誤、搞錯、做錯、犯錯

(2) ②薄暗い

    2. うすぐらい [薄暗い] 4 0 **イ形** 昏暗的、微暗的

(2) ③犯す

    1. おろす [下ろす / 降ろす] 2 **他動** 放下、提出（存款）、降下、撤掉

    2. おかす [犯す] 2 0 **他動** 犯、違反、侵犯

(1) ④気象

    1. きしょう [気象] 0 **名** 氣象

    2. きぞう [寄贈] 0 **名** 捐贈、贈送

    3. きそう [競う] 2 **自他動** 競爭、比賽

(2) ⑤下水

    2. げすい [下水] 0 **名** 污水、廢水、下水道

(2) ⑥残酷

    2. ざんこく [残酷] 0 **名** **ナ形** 殘酷、殘忍

（ 2 ）⑦炊事

    1. すいし [水死] 0 名 溺死、淹死

    2. すいじ [炊事] 0 名 做飯

（ 3 ）⑧続々

    3. ぞくぞく [続々] 0 1 副 陸續

（ 3 ）⑨重宝

    3. ちょうほう [重宝] 0 1 名 重要的寶物

（ 1 ）⑩手分け

    1. てわけ [手分け] 3 名 分工（合作）、分頭（進行）

（ 3 ）⑪悩ましい

    3. なやましい [悩ましい] 4 イ形 煩惱的、迷人的

（ 3 ）⑫布

    3. ぬの [布] 0 名 布

（ 1 ）⑬軒

    1. のき [軒] 0 名 屋簷

    3. のり [糊] 2 名 漿糊、膠水

（ 3 ）⑭微笑

    3. びしょう [微笑] 0 名 微笑

（ 2 ）⑮別々

    2. べつべつ [別々] 0 名 ナ形 分別、各自

（　1　）⑯全く

　　　　1. まったく [全く] 0 副 完全、全然、實在

　　　　2. またたく [瞬く] 3 自動 眨眼、閃爍

（　2　）⑰寧ろ

　　　　2. むしろ [寧ろ] 1 副 寧可、寧願

（　3　）⑱物凄い

　　　　3. ものすごい [物凄い] 4 イ形 恐怖的、非常的

（　2　）⑲遊園地

　　　　2. ゆうえんち [遊園地] 3 名 遊樂園

（　1　）⑳酪農

　　　　1. らくのう [酪農] 0 名 酪農

（　2　）㉑類似

　　　　2. るいじ [類似] 0 名 類似

（　2　）㉒老後

　　　　2. ろうご [老後] 0 名 晚年

▶ (2) 次の言葉の正しい漢字を一つ選びなさい。

（　4　）①いと

　　　　1. いけん [意見] 1 名 意見

　　　　3. いみ [意味] 1 名 意思、意義

　　　　4. いと [意図] 1 名 意圖、企圖、打算

（ 4 ）②えらい

    1. あさい [浅い] ０ ２ **イ形** 淺的、短淺的、膚淺的

    2. つらい [辛い] ０ ２ **イ形** 辛苦的、辛酸的、痛苦的、難過的

    3. うすい [薄い] ０ ２ **イ形** 薄的、（顏色）淺的、（味道）淡的

    4. えらい [偉い] ２ **イ形** 偉大的、了不起的

（ 3 ）③がっち

    3. がっち [合致] ０ **名** 吻合、一致

    4. ごうどう [合同] ０ **名** 聯合、合併

（ 2 ）④くろうと

    2. くろうと [玄人] １ ２ **名** 專家

    3. しろうと [素人] １ ２ **名** 外行人

（ 4 ）⑤こうばん

    4. こうばん [交番] ０ **名** 派出所、交替

（ 1 ）⑥しへい

    1. しへい [紙幣] １ **名** 紙鈔、鈔票

（ 2 ）⑦せいじゅん

    2. せいじゅん [清純] ０ **名** **ナ形** 清純、純潔、純真

（ 1 ）⑧だいする

    1. だいする [題する] ３ **他動** 標題、題字

（ 4 ）⑨つぐない

    4. つぐない [償い] ０ ３ **名** 賠償、補償

（ 3 ）⑩とうげ

      1. しま [島] 2 **名** 島

      1. 〜とう [〜島] **接尾** 〜島

      2. おか [丘] 0 **名** 丘陵

      3. とうげ [峠] 3 **名** 山頂、顛峰、全盛期

      4. いただき [頂] 0 **名** 頂端、山頂

（ 4 ）⑪になう

      3. おう [負う] 0 **自他動** 負（責）、背負、受（傷）

      4. になう [担う] 2 **他動** 挑、承擔

（ 4 ）⑫ねいろ

      2. けしき [景色] 1 **名** 景色、風景

      3. とくしょく [特色] 0 **名** 特色

      4. ねいろ [音色] 0 **名** 音色

（ 3 ）⑬はなやか

      3. はなやか [華やか] 2 **ナ形** 華麗、顯赫、引人注目

（ 3 ）⑭ぶたい

      3. ぶたい [舞台] 1 **名** 舞台、表演

（ 4 ）⑮ほがらか

      2. あきらか [明らか] 2 **ナ形** 明顯、清楚

      4. ほがらか [朗らか] 2 **ナ形** 開朗、爽快

（ 3 ）⑯みずから

      1. かれら [彼ら] 1 **代** （第三人稱代名詞，「彼」（他）的複
        數）他們

3. みずから [自ら] ① 名 自己、自身

① 代 我

① 副 親自、親身

(1) ⑰めぐる

1. めぐる [巡る] ⓪ 自動 繞、循環、周遊、迴轉、輪迴、時間
流逝

2. まわる [回る] ⓪ 自動 旋轉、轉動、繞圈、依序移動、繞道、
時間流逝

(1) ⑱やみ

1. やみ [闇] ② 名 陰暗、晦暗、無知、文盲、迷惘、暗自、失序

4. くろ [黒] ① 名 黑色

(3) ⑲ようちえん

3. ようちえん [幼稚園] ③ 名 幼稚園

(4) ⑳りょけん

3. りょこう [旅行] ⓪ 名 旅行、旅遊

4. りょけん [旅券] ⓪ 名 護照

(3) ㉑れんたい

1. れんけい [連携] ⓪ 名 合作、聯合

2. れんらく [連絡] ⓪ 名 聯絡、聯繫、聯運

3. れんたい [連帯] ⓪ 名 連帶、共同

(1) ㉒わたる

1. わたる [渡る] ⓪ 自動 度過、經過、度日、拿到

◆さかえる [栄える] ③ 自動 繁榮、繁盛、茂盛

◆さく [裂く] ① 他動 分裂、挑撥離間、撕開

◆さける [裂ける] ② 自動 裂開

◆さける [避ける] ② 他動 避開

◆ささげる [捧げる] ⓪ 他動 捧、供奉、獻、奉獻

◆さしかかる ⑤ ⓪ 自動 到達（某一地點）、（時期）到來、籠罩

◆さしつかえる [差（し）支える] ⑤ ⓪ 自動 影響、不利於、帶來困難、麻煩

◆さす [挿す] ① 他動 插入、插進、夾帶

◆さずける [授ける] ③ 他動 授予、賜予、教授、傳授

◆さだまる [定まる] ③ 自動 確定、穩定

◆さだめる [定める] ③ 他動 制定、規定、定

◆さっぱりする ③ 自動 乾淨、清淡、爽快、直爽

◆さばく [裁く] ② 自動 裁判、審判

◆サボる ② 他動 蹺（班、課）、曠（職、課）

◆さまたげる [妨げる] ④ 他動 妨礙、阻礙

◆さわぐ [騒ぐ] ② 自動 吵鬧、騷動、慌亂

◆さわる [障る] ⓪ 自動 有害、妨礙

◆しあげる [仕上げる] ③ 他動 做完、完成

◆しいる [強いる] ② 他動 強迫、勉強

◆しいれる [仕入れる] ③ 他動 採購、進貨、獲得

◆しかける [仕掛ける] ③ 他動 著手做、準備、安裝、設置、設（圈套）

◆しかる [叱る] ⓪ ② 他動 責備、罵

◆しきる [仕切る] 2 他動 分隔、結帳

◆しく [敷く] 0 他動 鋪、墊、公布、發布、設置

◆しくじる 3 自他動 失敗、被解雇

◆しげる [茂る] 2 自動 茂盛、茂密

◆しずめる [沈める] 0 他動 使安靜、平息

◆したがう [従う] 0 3 自動 遵守、服從、順從、跟隨

◆したしむ [親しむ] 3 自動 親近、喜好、喜愛

◆したまわる [下回る] 4 3 自動 減少、低於、在～以下

◆しつける [躾ける] 3 他動 教育、習慣

◆しばる [縛る] 2 他動 束縛、受限、綁

◆しぼる [絞る] 2 他動 擰、絞盡、榨、擠、把聲音調小、縮小範圍

◆しまる [閉まる] 2 自動 關閉

◆しみる [染みる] 0 自動 染上

◆しめる [締める] 2 他動 繫緊、綁緊

◆じゅんじる / じゅんずる [準じる / 準ずる] 0 3 / 0 3 自動 依據～、
　依照～、視同～

◆すえつける [据え付ける] 4 他動 安裝

◆すえる [据える] 0 他動 固定、穩住、占據、使當上～

◆すすめる [進める] 0 他動 使前進、推行、使順利、晉升、調快（時間）

◆すべる [滑る] 2 自動 滑、打滑、落榜

◆すます [澄ます / 清ます] 2 自他動 洗淨、過濾乾淨、摒除雜念、
　若無其事、事不關己

◆すむ [澄む / 清む] 1 自動 清澈、清脆、純淨、清靜

◆すれる [擦れる] 2 自動 摩擦、世故

◆せまる [迫る] 2 自他動 逼近、逼迫、強迫

◆せめる [攻める] 2 他動 攻打

◆そう [沿う] 0 1 自動 沿著、按照、符合

◆そう [添う] 0 1 自動 增添、跟隨、結婚

◆そえる [添える] 0 2 他動 添加、附加、補充、陪同

◆そなわる [備わる / 具わる] 3 自動 具備、設有、備有

◆そびえる [聳える] 3 自動 高聳、聳立

◆そまる [染まる] 0 自動 染

◆そむく [背く] 2 自動 背對、違背、背叛

◆そめる [染める] 0 他動 染、塗

◆そらす [逸らす] 2 他動 轉移、移開、岔開

◆そる [剃る] 1 他動 剃、刮

◆そる [反る] 1 自動 翹、彎曲、挺（胸）

◆それる [逸れる] 2 自動 偏、錯開、偏離

◆そろう [揃う] 2 自動 一致、齊全、到齊

◆たえる [耐える / 堪える] 2 自動 忍受、經得住、受得住

◆たえる [絶える / 断える] 2 自動 斷、斷絕

◆たく [炊く] 0 他動 煮（飯）

◆たずさわる [携わる] 4 自動 參與、從事

◆たずねる [尋ねる] 3 他動 問、打聽、尋找

◆たたく [叩く] 2 他動 敲、詢問、攻擊

◆ただよう [漂う] 3 自動 漂、飄、遊蕩

◆たちさる [立（ち）去る] 0 3 自動 離開

◆たちよる [立（ち）寄る] 0 3 自動 靠近、順便去

◆たてまつる [奉る] 4 他動 奉上、獻上、奉承

◆たどりつく [辿り着く] 4 自動 好不容易才走到、終於到達

◆たどる [辿る] 2 0 他動 邊摸索邊走、跟著～走

◆たばねる [束ねる] 3 他動 捆、統整

◆だます 2 他動 欺騙

◆だまる [黙る] 2 自動 沉默

◆たまわる [賜る] 3 他動 （「貰う」的謙讓語）（承蒙）賞賜

◆たもつ [保つ] 2 他動 保持、遵守

◆たるむ [弛む] 2 自動 鬆、鬆懈

◆たれる [垂れる] 2 自動 垂下、滴
　　　　　　　　 2 他動 使垂下、懸掛、教誨

◆ちかう [誓う] 0 2 自動 發誓

◆ちぢまる [縮まる] 0 自動 縮短

◆ちぢむ [縮む] 0 自動 縮短、收縮

◆ちぢめる [縮める] 0 他動 縮小、縮短

◆ちぢれる [縮れる] 0 自動 卷起來、翹起來、起皺褶

◆ついやす [費やす] 3 他動 花費、耗費、浪費

◆つきる [尽きる] 2 自動 盡、用盡、完結、至極

◆つく [就く] 1 2 自動 就、從事、師事、跟隨

◆つぐ [継ぐ] 0 他動 縫補、補給、接上、連續、繼（位）

◆つける [漬ける] 0 他動 醃漬

◆つげる [告げる] 0 他動 告訴、通知、宣告、報告

◆つつく / つっつく [突く] 2 / 3 他動 戳、啄、挑剔、欺負

◆つつしむ [謹む / 慎む] 3 他動 小心、謹慎、節制、恭敬有禮

◆つっぱる [突っ張る] 3 自動 支撐、撐、抽筋、堅持己見

◆つなぐ [繋ぐ] 0 他動 繫住、維繫

◆つねる 2 他動 擰、掐

◆つのる [募る] 2 自他動 越來越〜、募集、徵求

◆つぶやく [呟く] 3 他動 喃喃自語、嘟囔

◆つぶる 0 他動 闔上眼睛

◆つまむ [摘む] 0 他動 夾住、摘要

◆つむ [摘む] 0 他動 摘、採

◆つらなる [連なる] 3 自動 排成一列、列席、列入、牽涉到

◆つらぬく [貫く] 3 他動 貫穿、貫徹始終

◆つる [釣る] 0 他動 釣（魚）、捕捉（蜻蜓）、引誘、勾引

◆てがける [手掛ける] 3 自動 親手、親自

◆でくわす [出くわす] 0 3 自動 巧遇、碰巧

◆てりかえす [照り返す] 0 3 自他動 （日光）反射、反光

◆てんじる / てんずる [転じる / 転ずる] 0 3 / 0 3 自他動 轉變、轉移、回轉、改變

◆といあわせる [問（い）合（わ）せる] 5 0 他動 詢問、查詢、照會

◆とう [問う] 0 1 他動 問、打聽、追究（責任）

◆とうとぶ [尊ぶ] 3 他動 尊敬、尊重

◆とがめる 3 自他動 指責、查問、自責、惡化

◆とぎれる 3 自動 中斷、斷絕

◆とく [説く] 1 他動 解釋、說明、提倡

◆とぐ [研ぐ] 1 他動 磨、磨亮、擦亮

◆とける [解ける] 2 自動 解開、解除

◆とげる [遂げる] 0 2 他動 實現、完成、達成

◆とじる [綴じる] 2 他動 縫上、裝訂（成冊）

◆とだえる [途絶える] 3 自動 杳無人煙、中斷

◆とどこおる [滞る] 0 4 自動 停滯、滯納、拖欠

◆ととのう [整う] 3 自動 整齊、齊全

◆ととのえる [整える] 4 3 他動 整理

◆とどめる [止める] 3 他動 停止、僅止於

◆とぶ [飛ぶ / 跳ぶ] 0 自動 飛、跳

◆とぼける 3 自動 裝傻、遲鈍、滑稽

◆とまどう [戸惑う] 3 自動 不知所措

◆とめる [止める / 留める] 3 他動 停止、制止、留下、留住、固定住

◆ともなう [伴う] 3 自他動 陪伴、陪同、伴隨、帶～一起去

◆とりあつかう [取（り）扱う] 0 5 他動 操縱、辦理、對待

◆とりくむ [取（り）組む] 3 0 自動 埋頭（工作）、投入

◆とりしまる [取（り）締（ま）る] 4 0 他動 監督、管理

◆とりつぐ [取（り）次ぐ] 0 3 他動 轉達、代理

◆とる [撮る] 1 他動 拍照、攝影

◆とろける ⓪ ③ 自動 熔化、融化、沉醉

◆なぐさめる [慰める] ④ 他動 安慰、慰問

◆なぐる ② 他動 毆打

◆なげく [嘆く] ② 他動 悲嘆、感慨

◆なつく [懐く] ② 自動 接近、喜歡、馴服

◆なでる [撫でる] ② 他動 撫摸

◆なまける [怠ける] ③ 他動 懶惰

◆なやます [悩ます] ③ 他動 傷腦筋、困擾、（使）煩惱

◆ならす [慣らす] ② 他動 使習慣

◆なりたつ [成り立つ] ③ ⓪ 自動 成立、談妥、構成、划得來

◆におう [匂う] ② 自動 散發香味、隱約發出

◆にぎわう [賑わう] ③ 自動 熱鬧、擁擠、興盛

◆にげだす [逃（げ）出す] ⓪ ③ 自動 逃走、溜掉、開始逃跑

◆にじむ [滲む] ② 自動 滲、模糊、流出、反映出

◆にらむ [睨む] ② 他動 盯視、怒目而視、仔細觀察、估計

◆にる [煮る] ⓪ 他動 煮、燉、熬、燜

◆ぬかす [抜かす] ⓪ 他動 遺漏、超過

◆ぬぐ [脱ぐ] ① 他動 脫掉

◆ぬらす [濡らす] ⓪ 他動 浸溼、沾溼

考前衝刺

第三回

試 題

▶ （1）次の言葉の正しい読み方を一つ選びなさい。

（　　）①悪魔

    1. あるも　　2. あるま　　3. あくも　　4. あくま

（　　）②雨天

    1. うまてん　2. うめてん　3. うあま　　4. うてん

（　　）③襲う

    1. おかう　　2. おめらう　3. おろう　　4. おそう

（　　）④兄弟

    1. きょうだい 2. きょうそう 3. きょうてい 4. きょうでん

（　　）⑤欠陥

    1. けっつい　2. けっかん　3. けっすい　4. けったん

（　　）⑥誘う

    1. さこう　　2. さそう　　3. さらう　　4. さとう

（　　）⑦廃れる

    1. すさぶれる 2. すこたれる 3. すたれる　4. すかれる

（　　）⑧損なう

    1. そこなう　2. そがなう　3. そげなう　4. そわなう

（　　）⑨地形

    1. ちかた　　2. ちけい　　3. ぢけい　　4. ちがた

（　　　）⑩哲学

    1. てんがく　　2. てつがく　　3. ていがく　　4. てしがく

（　　　）⑪名残

    1. なごり　　　2. なざん　　　3. なのこ　　　4. なさり

（　　　）⑫主

    1. ぬい　　　　2. ぬし　　　　3. ぬま　　　　4. ぬく

（　　　）⑬農薬

    1. のうよく　　2. のうみそ　　3. のうよう　　4. のうやく

（　　　）⑭密か

    1. ひちか　　　2. ひめか　　　3. ひさか　　　4. ひそか

（　　　）⑮別荘

    1. べっそう　　2. べつそう　　3. べらぞう　　4. べつぞう

（　　　）⑯街角

    1. まちかど　　2. まつかど　　3. またかど　　4. まわかど

（　　　）⑰無地

    1. むぢ　　　　2. むち　　　　3. むじ　　　　4. むし

（　　　）⑱喪服

    1. もふく　　　2. もふう　　　3. もほう　　　4. もまく

（　　　）⑲油断

    1. ゆだつ　　　2. ゆだち　　　3. ゆだき　　　4. ゆだん

（　　）⑳楽

     1. らん   2. らく   3. らい   4. らこ

（　　）㉑累積

     1. るいつき   2. るいせき   3. るいちく   4. るいせん

（　　）㉒朗読

     1. ろうどく   2. ろうとく   3. ろんどん   4. ろんよみ

▶ （2）次の言葉の正しい漢字を一つ選びなさい。

（　　）①いかが

     1. 如何   2. 何時   3. 如時   4. 何処

（　　）②えがお

     1. 笑顔   2. 笑頬   3. 笑頭   4. 笑瞼

（　　）③かみなり

     1. 雨   2. 雷   3. 光   4. 雲

（　　）④くんれん

     1. 訓練   2. 磨練   3. 試練   4. 洗練

（　　）⑤こうちょう

     1. 好調   2. 良調   3. 巧調   4. 快調

（　　）⑥したう

     1. 静う   2. 親う   3. 慕う   4. 沈う

（　　）⑦せおう

　　　　1. 背置う　　　2. 背追う　　　3. 背負う　　　4. 背載う

（　　）⑧だっこ

　　　　1. 合っこ　　　2. 乗っこ　　　3. 抱っこ　　　4. 重っこ

（　　）⑨つくす

　　　　1. 尽くす　　　2. 繋くす　　　3. 次くす　　　4. 接くす

（　　）⑩となえる

　　　　1. 楽える　　　2. 弾える　　　3. 歌える　　　4. 唱える

（　　）⑪にぎやか

　　　　1. 持やか　　　2. 握やか　　　3. 熱やか　　　4. 賑やか

（　　）⑫ねぼう

　　　　1. 寝床　　　　2. 眠床　　　　3. 寝坊　　　　4. 眠坊

（　　）⑬はだか

　　　　1. 裸　　　　　2. 肌　　　　　3. 顔　　　　　4. 体

（　　）⑭ふとん

　　　　1. 衣団　　　　2. 伐団　　　　3. 布団　　　　4. 綿団

（　　）⑮ほのお

　　　　1. 焚　　　　　2. 淡　　　　　3. 火　　　　　4. 炎

（　　）⑯みじゅく

　　　　1. 不熟　　　　2. 未熟　　　　3. 没熟　　　　4. 半熟

(　　) ⑰めいぼ

     1. 証帳　　　　2. 称簿　　　　3. 名帳　　　　4. 名簿

(　　) ⑱やさしい

     1. 滑しい　　　2. 柔しい　　　3. 優しい　　　4. 温しい

(　　) ⑲よしあし

     1. 好し良し　　2. 悪し良し　　3. 善し悪し　　4. 好し悪し

(　　) ⑳りゃくする

     1. 減する　　　2. 除する　　　3. 略する　　　4. 省する

(　　) ㉑れっしゃ

     1. 自車　　　　2. 電車　　　　3. 列車　　　　4. 連車

(　　) ㉒わん

     1. 港　　　　　2. 淵　　　　　3. 湾　　　　　4. 湊

解答

▌(1) 次の言葉の正しい読み方を一つ選びなさい。

① 4　② 4　③ 4　④ 1　⑤ 2

⑥ 2　⑦ 3　⑧ 1　⑨ 2　⑩ 2

⑪ 1　⑫ 2　⑬ 4　⑭ 4　⑮ 1

⑯ 1　⑰ 3　⑱ 1　⑲ 4　⑳ 2

㉑ 2　㉒ 1

▌(2) 次の言葉の正しい漢字を一つ選びなさい。

① 1　② 1　③ 2　④ 1　⑤ 1

⑥ 3　⑦ 3　⑧ 3　⑨ 1　⑩ 4

⑪ 4　⑫ 3　⑬ 1　⑭ 3　⑮ 4

⑯ 2　⑰ 4　⑱ 3　⑲ 3　⑳ 3

㉑ 3　㉒ 3

解析

(1) 次の言葉の正しい読み方を一つ選びなさい。

（ 4 ）①悪魔

4. あくま [悪魔] 1 名 惡魔、魔鬼

（ 4 ）②雨天

4. うてん [雨天] 1 名 雨天

（ 4 ）③襲う

4. おそう [襲う] 0 2 他動 襲、侵襲、承襲、突襲

（ 1 ）④兄弟

1. きょうだい [兄弟] 1 名 兄弟、手足
2. きょうそう [競争] 0 名 競爭、比賽
3. きょうてい [協定] 0 名 協定

（ 2 ）⑤欠陥

2. けっかん [欠陥] 0 名 缺陷、問題

（ 2 ）⑥誘う

2. さそう [誘う] 0 他動 邀、引誘
3. さらう 0 他動 拐走、搶走、獨佔
4. さとう [砂糖] 2 名 砂糖

（ 3 ）⑦廃れる

3. すたれる [廃れる] 0 3 自動 敗壞、荒廢、廢
4. すかれる [好かれる] 0 3 他動 被喜歡

（ 1 ）⑧損なう

 1. そこなう [損なう] 3 他動 損害、損壊、傷害

（ 2 ）⑨地形

 2. ちけい [地形] 0 名 地形

（ 2 ）⑩哲学

 2. てつがく [哲学] 2 0 名 哲學

（ 1 ）⑪名残

 1. なごり [名残] 3 0 名 惜別、遺跡

（ 2 ）⑫主

 2. ぬし [主] 1 名 主人、物主、做某事的人、精靈

  1 代 （用「お主」的形式）您

 3. ぬま [沼] 2 名 沼澤

 4. ぬく [抜く] 0 他動 抽出、超過、去除

（ 4 ）⑬農薬

 2. のうみそ [脳味噌] 3 名 腦汁

 4. のうやく [農薬] 0 名 農藥

（ 4 ）⑭密か

 4. ひそか [密か] 2 1 ナ形 祕密、暗中、悄悄

（ 1 ）⑮別荘

 1. べっそう [別荘] 3 名 別墅

（　1　）⑯街角

　　　　1. まちかど [街角] ⓪ 名 街角、街頭

（　3　）⑰無地

　　　　2. むち [無知] 1 名 ナ形 無知、愚蠢

　　　　3. むじ [無地] 1 名 （布料、紙）沒有花紋、素色

　　　　4. むし [虫] ⓪ 名 虫、昆蟲、害蟲、情緒或意識的變化

　　　　4. むし [無視] 1 名 無視

（　1　）⑱喪服

　　　　1. もふく [喪服] ⓪ 名 喪服

　　　　3. もほう [模倣] ⓪ 名 模仿

（　4　）⑲油断

　　　　4. ゆだん [油断] ⓪ 名 大意、輕忽

（　2　）⑳楽

　　　　1. らん [欄] 1 名 欄杆、表格欄位、專欄

　　　　2. らく [楽] 2 名 ナ形 安樂、舒適、寬裕、輕鬆

　　　　3. らい〜 [来〜] 接頭 （接續日期、時間等）來〜、下〜

（　2　）㉑累積

　　　　2. るいせき [累積] ⓪ 名 累積

（　1　）㉒朗読

　　　　1. ろうどく [朗読] ⓪ 名 朗讀

▶ （2）次の言葉の正しい漢字を一つ選びなさい。

（ 1 ）①いかが

　　　1. いかが [如何] 2 副 如何

　　　2. いつ [何時] 1 代 何時、平時、通常

（ 1 ）②えがお

　　　1. えがお [笑顔] 1 名 笑臉

（ 2 ）③かみなり

　　　1. あめ [雨] 1 名 雨

　　　2. かみなり [雷] 3 4 名 雷、發火

　　　3. ひかり [光] 3 名 光、光線、希望

　　　4. くも [雲] 1 名 雲

（ 1 ）④くんれん

　　　1. くんれん [訓練] 1 名 訓練

（ 1 ）⑤こうちょう

　　　1. こうちょう [好調] 0 名 ナ形 順利、情況良好

（ 3 ）⑥したう

　　　3. したう [慕う] 0 2 他動 懷念、追隨、仰慕

（ 3 ）⑦せおう

　　　3. せおう [背負う] 2 他動 背、背負

（ 3 ）⑧だっこ

　　　3. だっこ [抱っこ] 1 名 （幼兒語）抱

（　1　）⑨つくす

    1. つくす [尽くす] ② 他動 盡、竭盡、為～効力

（　4　）⑩となえる

    4. となえる [唱える] ③ 他動 唱、大聲說、提倡

（　4　）⑪にぎやか

    4. にぎやか [賑やか] ② ナ形 熱鬧、繁盛、華麗

（　3　）⑫ねぼう

    3. ねぼう [寝坊] ⓪ 名 ナ形 睡懶覺、賴床

（　1　）⑬はだか

    1. はだか [裸] ⓪ 名 裸體、精光、身無一物、裸露

    2. はだ [肌] ① 名 肌膚、表面、氣質

    3. かお [顔] ⓪ 名 臉、表情

    4. からだ [体] ⓪ 名 身體

（　3　）⑭ふとん

    3. ふとん [布団] ⓪ 名 被子

（　4　）⑮ほのお

    3. ひ [火] ① 名 火、熱、火災

    4. ほのお [炎] ① 名 火燄、火舌

（　2　）⑯みじゅく

    2. みじゅく [未熟] ⓪ ① 名 ナ形 （果實、人格、學養等）未成熟

    4. はんじゅく [半熟] ⓪ 名 半熟、半生不熟

（　4　）⑰めいぼ

    4. めいぼ [名簿] 0 名 名冊

（　3　）⑱やさしい

    3. やさしい [優しい] 0 3 イ形 温柔的、温和的、親切的、慈祥的

（　3　）⑲よしあし

    3. よしあし [善し悪し / 良し悪し] 1 2 名 是非、善惡

（　3　）⑳りゃくする

    3. りゃくす / りゃくする [略す / 略する] 2 / 3 他動 省略、簡略、掠奪

（　3　）㉑れっしゃ

    2. でんしゃ [電車] 0 1 名 電車

    3. れっしゃ [列車] 0 1 名 列車

（　3　）㉒わん

    1. みなと [港] 0 名 港口、出海口

    3. わん [湾] 1 名 海灣

◆ぬれる [濡れる] 0 自動 淋溼、沾溼

◆ねかせる [寝かせる] 0 他動 使睡覺、放平

◆ねじれる 3 自動 彎曲、彆扭

◆ねだる 2 0 他動 纏著要求

◆ねばる [粘る] 2 自動 黏、拖拖拉拉、堅持到底

◆ねらう [狙う] 0 他動 瞄準、尋找～的機會

◆ねる [練る] 1 自他動 攪拌、鍛鍊、斟酌、研究

◆のがす [逃す] 2 他動 放過、錯過

◆のせる [載せる] 0 他動 載運、裝上、放、刊登

◆のぞく [覗く] 0 自他動 露出、窺視、往下望、瞧瞧

◆のぞむ [望む] 0 2 他動 眺望、期望、要求

◆のぞむ [臨む] 0 自動 面臨、面對、參加、對待

◆のっとる [乗っ取る] 3 他動 攻占、奪取、劫持

◆のばす [伸ばす / 延ばす] 2 他動 留、伸展、延長、拖延

◆のみこむ [飲（み）込む] 0 3 他動 吞下、淹沒、理解

◆のりかえる [乗（り）換える] 4 3 自他動 轉乘、倒換、改行

◆のりこむ [乗（り）込む] 3 自動 乘上、開進、到達

◆のる [載る] 0 自動 載、裝、刊登、記載

◆のろう [呪う] 2 他動 詛咒、懷恨

◆はう [這う] 1 自動 爬、攀緣

◆はえる [生える] 2 自動 生、長

◆はがす [剥がす] 2 他動 剝下、撕下

◆はかどる [捗る] 3 自動 進展、順利

◆はかる [諮る] 2 他動 商量、請示

◆はかる [図る] 2 他動 謀求、企圖、策劃

◆はく [履く] 0 他動 穿（鞋類）

◆はく [吐く] 1 他動 吐出、嘔吐、噴出、吐露

◆はぐ [剥ぐ] 1 他動 剝下、扒下、剝奪

◆はげます [励ます] 3 他動 鼓勵、激勵

◆はげむ [励む] 2 自動 努力、勤勉

◆はげる [剥げる] 2 自動 剝落、褪色

◆ばける [化ける] 2 自動 變、改裝

◆はじく [弾く] 2 他動 彈、打算盤、防

◆はじらう [恥じらう] 3 自動 害羞

◆はずむ [弾む] 0 自他動 跳、彈、起勁、喘

◆はたく [叩く] 2 他動 拍打、打、傾囊

◆はたす [果たす] 2 自他動 完成、實現、實行、用

◆はてる [果てる] 2 自動 終、完畢、死

◆ばてる 2 自動 累得要命、精疲力竭

◆はなしかける [話し掛ける] 5 0 他動 跟人說話、攀談、開始說

◆はなす [離す] 2 他動 放開、間隔

◆はなれる [離れる] 3 自動 分離、間隔、離開

◆はねる [跳ねる] 2 自動 跳、飛濺、散場、裂開

◆はばむ [阻む] 2 他動 阻止、擋

◆はまる 0 自動 套上、嵌入、恰好合適、陷入、熱中

◆はやす [生やす] 2 他動 使〜生長

◆ばらまく 3 他動 撒播、散布、到處花錢

◆はりきる [張（り）切る] 3 自動 拉緊、繃緊、緊張、精神百倍

◆はる [張る] 0 自他動 拉、覆蓋、裝滿、膨脹、挺、伸展

◆はる [貼る / 張る] 0 他動 黏貼

◆はれる [腫れる] 0 自動 腫、腫脹

◆ひかえる [控える] 3 2 自他動 等候、面臨、靠近、控制、記錄

◆ひきいる [率いる] 3 他動 帶領、統率

◆ひきおこす [引（き）起こす] 4 他動 引起、扶起

◆ひく [弾く] 0 他動 彈、拉

◆ひたす [浸す] 0 2 他動 浸、泡

◆ひっかく [引っ掻く] 3 他動 搔、抓

◆ひびく [響く] 2 自動 傳出聲音、響亮、影響

◆ひやかす [冷やかす] 3 他動 嘲笑、戲弄、開玩笑、只詢價不買

◆ひろまる [広まる] 3 0 自動 擴大、傳播、蔓延

◆ふえる [増える / 殖える] 2 自動 增加

◆ふかめる [深める] 3 他動 加深、加強

◆ふくらむ [膨らむ] 0 自動 鼓起、膨脹、凸起

◆ふくれる [膨れる] 0 自動 脹、腫、不高興

◆ふける [老ける] 2 自動 上年紀、老

◆ふまえる [踏まえる] 3 他動 踏、踩、根據

◆ふみこむ [踏（み）込む] 3 自他動 踩進去、闖入、更深一層、伸進

◆ふむ [踏む] 0 他動 踏、踩、踩腳、踏上、實踐、估計、經歷

◆ふやす [増やす / 殖やす] 2 他動 増加、增添

◆ふりかえる [振（り）返る] 3 他動 回頭看、回顧

◆ふる [振る] 0 他動 揮、搖、撒、丟、拒絕、分配

◆ふるわせる [震わせる] 0 他動 使～振動、使～發抖

◆へだたる [隔たる] 3 自動 相隔、距、不同、疏遠

◆へだてる [隔てる] 3 他動 隔開、間隔、遮擋、離間

◆へりくだる 4 0 自動 謙遜

◆へる [経る] 1 自動 經過、路過、經由

◆ほうじる / ほうずる [報じる / 報ずる] 0 3 / 0 3 自他動
報答、報告、報導

◆ほうむる [葬る] 3 他動 埋葬、棄而不顧

◆ほうりこむ [放り込む] 4 他動 投入、扔進去

◆ほえる [吠える] 2 自動 吼叫、咆哮

◆ぼける [惚ける] 2 自動 發呆、糊塗、模糊

◆ほこる [誇る] 2 他動 誇耀、自豪

◆ほどこす [施す] 3 0 他動 施捨、施行、用

◆ほめる [褒める] 2 他動 稱讚、表揚

◆ぼやく 2 自他動 發牢騷、嘟囔

◆ほる [掘る] 1 他動 挖掘、刨

◆ほる [彫る] 1 他動 雕刻、紋身

◆ほろぼす [滅ぼす] 3 他動 使滅亡、毀滅

◆まう [舞う] 0 1 自動 舞蹈、飛舞、飄舞

◆まかす [任す] 2 他動 任憑、聽任、順其自然

◆まかす [負かす] 0 他動 戰勝、打敗

◆まかなう [賄う] 3 他動 供應、供給、籌措

◆まぎれる [紛れる] 3 自動 混入、一時不查、無法區分

◆まく [蒔く] 1 他動 播種

◆まく [撒く] 1 他動 撒、散布

◆まさる [勝る] 2 0 自動 勝過、優於

◆まじえる [交える] 3 他動 夾雜、交叉、交換

◆まじわる [交わる] 3 自動 交叉、交往、接觸

◆まちのぞむ [待（ち）望む] 0 他動 期盼、希望

◆まねく [招く] 2 他動 招手、招待、招致

◆またがる 3 自動 騎、跨

◆まるめる [丸める] 0 他動 做成圓形

◆みあわせる [見合（わ）せる] 0 4 他動 對望、對照、暫停

◆みたす [満たす] 2 他動 充滿、滿足、充分

◆みだす [乱す] 2 他動 破壞、擾亂

◆みだれる [乱れる] 3 自動 雜亂、紊亂、混亂、動盪

◆みちびく [導く] 3 他動 帶路、指導、引導、誘導、導致

◆みとめる [認める] 0 他動 看見、判斷、認同、允許

◆みなす 0 2 他動 假設、擬定、認為

◆みならう [見習う] 3 0 他動 學習、模仿

◆みのがす [見逃す] 0 3 他動 漏看、錯過、放過、錯失

◆みはからう [見計らう] 4 0 他動 斟酌、估量

◆みる [診る] 1 他動 診察、看病

◆むしる 0 他動 拔除、剔除、揪

◆むすびつく [結び付く] 4 自動 結合、關聯

◆むらがる [群がる] 3 自動 群聚

◆めぐむ [恵む] 0 他動 施捨

◆めくる [捲る] 0 他動 翻、掀、扯

◆めざめる [目覚める] 3 自動 睡醒、覺醒、覺悟、自覺

◆めだつ [目立つ] 2 自動 顯眼、醒目

◆もうける [設ける] 3 他動 準備、設置

◆もがく 2 自動 折騰、掙扎

◆もぐる [潜る] 2 自動 潛入（水底）、鑽入、潛伏

◆もたらす 3 他動 帶來

◆もてなす 3 0 他動 接待、對待、招待

◆もてる 2 自動 受歡迎、維持

◆もとづく [基づく] 3 自動 基於、根基、由於

◆もめる 0 自動 爭論、擔心

◆もよおす [催す] 3 0 自他動 舉行、（生理上變化）覺得、準備、召集

◆もらす [漏らす] 2 他動 洩、漏、透露、流露、表露、遺漏

◆もりあがる [盛（り）上（が）る] 4 0 自動 隆起、高漲、
（劇情等）達到高潮

◆もる [盛る] 0 1 他動 盛、裝、堆積、調製、以文章表現思想、標記刻度

◆もる [漏る] 1 自動 洩、漏、透出、遺漏

◆もれる [漏れる] 2 自動 溢出、漏出、流出、走漏、遺漏、落選

◆やしなう [養う] ③ ⓪ 他動 扶養、培養、休養、飼養、豢養

◆やめる [辞める] ⓪ 他動 辭職

◆やりとおす [やり通す] ③ 他動 貫徹

◆ゆがむ [歪む] ⓪ ② 自動 歪斜、行為或心術不正、乖僻

◆ゆさぶる [揺さぶる] ⓪ 他動 搖動、撼動

◆ゆずる [譲る] ⓪ 他動 譲渡、謙譲、賣出、譲歩

◆ゆでる ② 他動 煮、熱敷

◆ゆびさす [指差す] ③ 他動 指認、指責

◆ゆらぐ [揺らぐ] ⓪ ② 自動 晃動、動搖

◆ゆるむ [緩む] ② 自動 鬆懈、鬆弛、緩和、市場下跌

◆ゆるめる [緩める] ③ 他動 放鬆、鬆懈、降低、放慢

◆よう [酔う] ① 自動 酒醉、暈（車、船）、陶醉

◆よける [避ける] ② 他動 躲避、防範

◆よみがえる [蘇る] ③ ④ 自動 復活、甦醒、復甦

- -

◆わく [湧く] ⓪ 自動 湧出、噴出、長出、產生、鼓起

◆わりこむ [割（り）込む] ③ 自他動 擠進、插入

考前衝刺
第四回

▶ 試題

▶ 解答

▶ 解析

▶ 考前4天
把這些重要的名詞都記起來吧！

▌（1）次の言葉の正しい読み方を一つ選びなさい。

（　　）①一層

    1. いちそう　　2. いちそん　　3. いっそう　　4. いっそん

（　　）②永遠

    1. えいえん　　2. えんえん　　3. えいおん　　4. えんよん

（　　）③火口

    1. かもん　　　2. かこん　　　3. かこう　　　4. かぐち

（　　）④覆す

    1. くらがえす　　　　　　2. くらまかす

    3. くつがえす　　　　　　4. くつまかす

（　　）⑤護衛

    1. ごえい　　　2. ごえん　　　3. こえい　　　4. こえん

（　　）⑥直に

    1. じくに　　　2. じけに　　　3. じこに　　　4. じかに

（　　）⑦誠意

    1. せいじ　　　2. せいい　　　3. ぜんい　　　4. ぜんじ

（　　）⑧退院

    1. たいえん　　2. たいいん　　3. だいいん　　4. だいえん

（　　）⑨通帳

    1. つじじょう　　　　　　　2. つじちょう

    3. つうじょう　　　　　　　4. つうちょう

（　　）⑩特許

    1. とくきょ　　2. とっきょ　　3. とつきょ　　4. とうきょ

（　　）⑪匂い

    1. にかい　　　2. にあい　　　3. にわい　　　4. におい

（　　）⑫妬む

    1. ねたむ　　　2. ねいむ　　　3. ねこむ　　　4. ねらむ

（　　）⑬俳句

    1. ばんく　　　2. はんく　　　3. ばいく　　　4. はいく

（　　）⑭不意

    1. ふい　　　　2. ぶい　　　　3. ぶん　　　　4. ふん

（　　）⑮望遠鏡

    1. ほうえんきょう　　　　　2. ぼうえんきょう

    3. ほうとうきょう　　　　　4. ほうどうきょう

（　　）⑯醜い

    1. みなしい　　2. みわしい　　3. みくにい　　4. みにくい

（　　）⑰目付き

    1. めつき　　　2. めしき　　　3. めたき　　　4. めわき

（　　）⑱役立つ

    1. やえたつ　　2. やくたつ　　3. やくだつ　　4. やえだつ

（　　）⑲溶岩

    1. ようかん　　2. ようがん　　3. よんかん　　4. よんがん

（　　）⑳利口

    1. りこう　　2. りくち　　3. りあん　　4. りかく

（　　）㉑零点

    1. れいてん　　2. れんてん　　3. れきてん　　4. れひてん

（　　）㉒悪口

    1. わんくち　　2. わるこう　　3. わるくち　　4. わんこう

▶ （2）次の言葉の正しい漢字を一つ選びなさい。

（　　）①あっしゅく

    1. 圧模　　2. 圧小　　3. 圧縮　　4. 圧力

（　　）②うたがう

    1. 歌う　　2. 疑う　　3. 承る　　4. 伺う

（　　）③おせん

    1. 感染　　2. 汚染　　3. 伝染　　4. 流染

（　　）④きみょう

    1. 怪妙　　2. 変妙　　3. 微妙　　4. 奇妙

（　　　）⑤げんばく

　　　1. 原稿　　　　2. 原因　　　　3. 原発　　　　4. 原爆

（　　　）⑥さき

　　　1. 後　　　　2. 未　　　　3. 今　　　　4. 先

（　　　）⑦すこやか

　　　1. 澄やか　　　2. 直やか　　　3. 健やか　　　4. 鋭やか

（　　　）⑧そうぞく

　　　1. 相継　　　　2. 相続　　　　3. 相応　　　　4. 相対

（　　　）⑨ちゅうしょう

　　　1. 注象　　　　2. 中象　　　　3. 具象　　　　4. 抽象

（　　　）⑩てまえ

　　　1. 出先　　　　2. 出前　　　　3. 手先　　　　4. 手前

（　　　）⑪なかなおり

　　　1. 中治り　　　2. 仲治り　　　3. 内直り　　　4. 仲直り

（　　　）⑫ぬう

　　　1. 繕う　　　　2. 縫う　　　　3. 揉う　　　　4. 締う

（　　　）⑬のど

　　　1. 脳　　　　2. 鼻　　　　3. 喉　　　　4. 耳

（　　　）⑭ひざ

　　　1. 肘　　　　2. 膝　　　　3. 腹　　　　4. 肝

（　　）⑮へこむ

    1. 少む   2. 減む   3. 凹む   4. 凸む

（　　）⑯まずしい

    1. 貧しい   2. 涼しい   3. 喧しい   4. 忙しい

（　　）⑰むいか

    1. 三日   2. 八日   3. 六日   4. 九日

（　　）⑱もちいる

    1. 吊いる   2. 持いる   3. 意いる   4. 用いる

（　　）⑲ゆうぼく

    1. 牧牛   2. 遊宴   3. 牧畜   4. 遊牧

（　　）⑳らっか

    1. 堕下   2. 降下   3. 落下   4. 来下

（　　）㉑るい

    1. 粋   2. 類   3. 数   4. 糖

（　　）㉒ろうはい

    1. 老朽   2. 老衰   3. 老廃   4. 老萎

解 答

▶ (1) 次の言葉の正しい読み方を一つ選びなさい。

① 3	② 1	③ 3	④ 3	⑤ 1
⑥ 4	⑦ 2	⑧ 2	⑨ 4	⑩ 2
⑪ 4	⑫ 1	⑬ 4	⑭ 1	⑮ 2
⑯ 4	⑰ 1	⑱ 3	⑲ 2	⑳ 1
㉑ 1	㉒ 3			

▶ (2) 次の言葉の正しい漢字を一つ選びなさい。

① 3	② 2	③ 2	④ 4	⑤ 4
⑥ 4	⑦ 3	⑧ 2	⑨ 4	⑩ 4
⑪ 4	⑫ 2	⑬ 3	⑭ 2	⑮ 3
⑯ 1	⑰ 3	⑱ 4	⑲ 4	⑳ 3
㉑ 2	㉒ 3			

解析

▌(1) 次の言葉の正しい読み方を一つ選びなさい。

(3) ①一層

      3. いっそう [一層] 0 副 更加、愈～

               1 名 一層

(1) ②永遠

      1. えいえん [永遠] 0 名 ナ形 永遠

(3) ③火口

      3. かこう [火口] 0 名 火山口、火爐口

(3) ④覆す

      3. くつがえす [覆す] 3 4 他動 打翻、推翻

(1) ⑤護衛

      1. ごえい [護衛] 0 名 護衛、警衛

(4) ⑥直に

      4. じかに [直に] 1 副 直接、親自

(2) ⑦誠意

      1. せいじ [政治] 0 名 政治

      2. せいい [誠意] 1 名 誠意

(2) ⑧退院

      2. たいいん [退院] 0 名 出院

（　4　）⑨通帳

　　　3. つうじょう [通常] 0 名 通常、平常、普通

　　　4. つうちょう [通帳] 0 名 存摺、帳本

（　2　）⑩特許

　　　2. とっきょ [特許] 1 名 特別許可、專利（權）、特權

（　4　）⑪匂い

　　　1. にかい [二階] 0 名 二樓

　　　4. におい [匂い] 2 名 氣味、香氣、風格

（　1　）⑫妬む

　　　1. ねたむ [妬む] 2 他動 嫉妒、憤恨

（　4　）⑬俳句

　　　4. はいく [俳句] 0 名 俳句

（　1　）⑭不意

　　　1. ふい [不意] 0 名 ナ形 忽然、意外、出其不意

　　　3. ぶん [分] 1 名 部分、分量、本分、狀態

　　　3. ぶん [文] 1 名 文章、句子

　　　4. ～ふん [～分] 接尾 ～分鐘、（角度）～分

（　2　）⑮望遠鏡

　　　2. ぼうえんきょう [望遠鏡] 0 名 望遠鏡

（　4　）⑯醜い

　　　4. みにくい [醜い] 3 イ形 難看的、醜陋的

（ 1 ）⑰目付き

1. めつき [目付き] 1 名 眼神、目光

（ 3 ）⑱役立つ

3. やくだつ [役立つ] 3 自動 有用、有效

（ 2 ）⑲溶岩

2. ようがん [溶岩] 1 0 名 熔岩

（ 1 ）⑳利口

1. りこう [利口] 0 名 ナ形 聰明、伶俐、機伶

（ 1 ）㉑零点

1. れいてん [零点] 3 0 名 零分、沒有資格

（ 3 ）㉒悪口

3. わるくち [悪口] 2 名 說人壞話、中傷

◤ (2) 次の言葉の正しい漢字を一つ選びなさい。

（ 3 ）①あっしゅく

3. あっしゅく [圧縮] 0 名 壓縮、縮短
4. あつりょく [圧力] 2 名 壓力

（ 2 ）②うたがう

1. うたう [歌う] 0 他動 唱
2. うたがう [疑う] 0 他動 懷疑
3. うけたまわる [承る] 5 他動 （「聞く」（聽）、「引き受ける」（接受）、「承諾する」（承諾）、「受ける」（接受）的謙讓語）恭聽、遵從、敬悉

4. うかがう [伺う] ⓪ 他動 拜訪（「訪問<ruby>ほうもん</ruby>する」的謙讓語）、
問、請教（「聞<ruby>き</ruby>く」、「尋<ruby>たず</ruby>ねる」的謙讓語）

（ 2 ）③おせん

    1. かんせん [感染] ⓪ 名 感染、染上

    2. おせん [汚染] ⓪ 名 汚染

    3. でんせん [伝染] ⓪ 名 傳染

（ 4 ）④きみょう

    3. びみょう [微妙] ⓪ 名 ナ形 微妙

    4. きみょう [奇妙] ① ナ形 奇妙、不可思議

（ 4 ）⑤げんばく

    1. げんこう [原稿] ⓪ 名 原稿

    2. げんいん [原因] ⓪ 名 原因

    4. げんばく [原爆] ⓪ 名 （「原子爆弾<ruby>げん し ばくだん</ruby>」的簡稱）原子彈

（ 4 ）⑥さき

    1. あと [後] ① 名 之後、後方、後來、以外、繼任、後果
              ① 副 再～

    1. のち [後] ② ⓪ 名 之後、未來、死後

    3. いま [今] ① 名 現在、目前、剛才
              ① 副 更、再

    3. こん～ [今～] ① 連體 這、這個、今天的、這次的

    4. さき [先] ⓪ 名 先、前端、早、將來、後面、（前往的）地點

（ 3 ）⑦すこやか

    3. すこやか [健やか] ② ナ形 健壯、健康

（ 2 ）⑧そうぞく

    2. そうぞく [相続] 0 1 名 繼承、接續

    3. そうおう [相応] 0 名 ナ形 相符、符合

    4. そうたい [相対] 0 名 相對、對等

（ 4 ）⑨ちゅうしょう

    4. ちゅうしょう [抽象] 0 名 抽象

（ 4 ）⑩てまえ

    4. てまえ [手前] 0 名 眼前、本領

（ 4 ）⑪なかなおり

    4. なかなおり [仲直り] 3 名 和好

（ 2 ）⑫ぬう

    1. つくろう [繕う] 3 他動 修補、修飾、裝潢、敷衍

    2. ぬう [縫う] 1 他動 縫紉、縫合、穿過

（ 3 ）⑬のど

    1. のう [脳] 1 名 大腦、智力

    2. はな [鼻] 0 名 鼻子

    3. のど [喉] 1 名 喉嚨、脖子、嗓音

    4. みみ [耳] 2 名 耳朵、聽力、（物品的）邊緣、（物品的）把手

（ 2 ）⑭ひざ

    1. ひじ [肘] 2 名 手肘、（椅子）扶手

    2. ひざ [膝] 0 名 膝蓋

    3. はら [腹] 2 名 腹、腹部、想法、心情、肚量

（ 3 ）⑮へこむ

  3. へこむ [凹む] 0 自動 凹下、陷下、無精打采

（ 1 ）⑯まずしい

  1. まずしい [貧しい] 3 イ形 貧困的、貧乏的、貧弱的

  2. すずしい [涼しい] 3 イ形 涼爽的、明亮的

  3. やかましい [喧しい] 4 イ形 吵鬧的、議論紛紛的、嚴格的、

   吹毛求疵的、麻煩的

  4. いそがしい [忙しい] 4 イ形 忙碌的

（ 3 ）⑰むいか

  1. みっか [三日] 0 名 三號、三日、比喻極短的期間

  2. ようか [八日] 0 名 八號、八日

  3. むいか [六日] 0 名 六號、六日

  4. ここのか [九日] 4 名 九號、九日

（ 4 ）⑱もちいる

  4. もちいる [用いる] 3 0 他動 使用、錄用、採用、

   用（心）、必要

（ 4 ）⑲ゆうぼく

  3. ぼくちく [牧畜] 0 名 畜牧

  4. ゆうぼく [遊牧] 0 名 游牧

（ 3 ）⑳らっか

  3. らっか [落下] 0 名 落下

（ 2 ）㉑るい

    1. いき [粋] 0 名 ナ形 瀟灑、風流

    1. すい [粋] 1 名 ナ形 精華、精髓

    2. るい [類] 1 名 同類、種類

    3. かず [数] 1 名 數、數量

    3. すう [数] 1 名 數、數量、數字

（ 3 ）㉒ろうはい

    2. ろうすい [老衰] 0 名 年老體衰

    3. ろうはい [老廃] 0 名 老朽、廢舊

◆あいま [合間] 0 3 名 空隙、閒暇、縫隙

◆あか [垢] 2 名 污垢、骯髒、齷齪

◆あかじ [赤字] 0 名 紅字、赤字

◆あさ [麻] 2 名 麻、麻布、麻織物

◆あたい [値] 0 名 值、（數學裡具體的）數值

◆あとつぎ [跡継（ぎ）] 2 3 名 繼承人、接班人

◆あとまわし [後回し] 3 名 往後延、緩辦

◆あな [穴] 2 名 洞、穴、（金錢上的）虧空、空缺

◆あぶらえ [油絵] 3 名 油畫

◆あまぐ [雨具] 2 名 （雨傘、雨鞋等防雨用具）雨具

◆あまくち [甘口] 0 名 ナ形 （酒或味噌等）帶甜味、甜言蜜語

◆あらし [嵐] 1 名 暴風雨、風暴

◆ありさま [有（り）様] 2 0 名 樣子、情況

◆あわ [泡] 2 名 氣泡、泡沫、口沫

◆いいわけ [言（い）訳] 0 名 藉口、辯解、解釋

◆いえで [家出] 0 名 蹺家、離家出走

◆いずみ [泉] 0 名 泉水

◆いなびかり [稲光] 3 名 閃電

◆いね [稲] 1 名 稻子

◆いのち [命] 1 名 生命、壽命

◆うけみ [受（け）身] 0 3 2 名 被動

◆うけもち [受（け）持ち] 0 名 負責、擔任

◆うず [渦] 1 名 漩渦

◆うそ [嘘] 1 名 謊言、錯誤

◆うちけし [打（ち）消し] 0 名 否認、消除

◆うちわけ [内訳] 0 名 明細、清單

◆うつわ [器] 0 名 容器、器具、（某方面的）人才

◆うでまえ [腕前] 0 3 名 本領

◆うめ [梅] 0 名 梅子

◆うめぼし [梅干（し）] 0 名 酸梅乾、醃梅

◆うらがえし [裏返し] 3 名 裡外對調、倒過來

◆うりだし [売（り）出し] 0 名 特價、特賣、走紅

◆うわさ [噂] 0 名 謠言、傳聞

◆え [柄] 0 名 （傘的）把手、柄

◆えさ [餌] 2 0 名 餌、飼料、誘餌

◆えもの [獲物] 0 名 收穫、戰利品、獵物

◆えり [襟] 2 名 衣領、後頸

◆えんがわ [縁側] 0 名 （日式傳統建築的）簷廊

◆お [尾] 1 名 尾巴、結尾、山脊

◆おおすじ [大筋] 0 名 大綱

◆おおはば [大幅] 0 名 ナ形 大幅

◆おおやけ [公] 0 名 公家（機關）、公共、公開

◆おき [沖] 0 名 海面上、湖面上

◆おす [雄] 2 名 雄的、公的

◆おちつき [落（ち）着き] 0 名 穩定、鎮定、安定

◆おちば [落（ち）葉] 1 名 落葉

◆おてあげ [お手上げ] 0 名 舉手投降、認輸

◆おに [鬼] 2 名 鬼怪、魔鬼、幽靈

◆おび [帯] 1 名 （指細長的東西或布）帶子、（日本和服的）腰帶

◆おもむき [趣] 0 名 情趣、氣氛、大意、情況

◆おりもの [織物] 2 3 名 織物

....

◆かいがら [貝殻] 3 0 名 貝殼

◆かおつき [顔付き] 0 名 表情、樣貌

◆かがみ [鏡] 3 名 鏡子

◆かぎ [鍵] 2 名 鑰匙

◆かげ [陰] 1 名 陰涼處、背後、暗地

◆かげ [影] 1 名 影子

◆がけ [崖] 0 名 懸崖

◆かけあし [駆（け）足] 2 名 跑步、快步

◆かご [籠] 0 名 籃、筐

◆かじょうがき [箇条書き] 0 名 條列、列成條文

◆かしら [頭] 3 名 頭、首領、頭目、第一個

◆かすみ [霞み] 0 名 霞光、晚霞

◆かたみ [肩身] 1 名 面子、體面

◆かたおもい [片思い] 3 名 單相思

◆かたこと [片言] 0 名 語意不清的話、隻字片語

◆かたづけ [片付け] 0 名 整理、收拾、解決

◆かたな [刀] 3 2 名 刀

◆かたまり [塊] 0 名 塊、群

◆かたわら [傍（ら）] 0 名 旁邊

◆かって [勝手] 0 名 ナ形 任性、任意、隨便

　　　　　　　　 0 名 廚房、方便

◆かな [仮名] 0 名 （指日文的）假名

◆かなづかい [仮名遣い] 3 名 （指日文的）假名用法

◆かね [鐘] 0 名 鐘、鐘聲

◆かぶ [株] 0 名 股票

◆かぶしき [株式] 2 名 股份

◆かま [釜] 0 名 釜頭

◆から [殻] 2 名 殼、皮

◆がら [柄] 0 名 體格、身材、品性、花紋

◆かり [狩り] 1 名 狩獵、採集

◆かわら [瓦] 0 名 瓦

◆かんちがい [勘違い] 3 名 誤會、誤認

◆かんむり [冠] 0 3 名 冠冕、冠、（漢字的）字頭

◆きし [岸] 2 名 岸、懸崖

◆きず [傷] 0 名 傷口、傷痕、傷害、瑕疵、汙點

◆きぬ [絹] 1 名 （蠶）絲、絲綢、絲織品

◆きょうしゅう [郷愁] 0 名 鄉愁

◆くき [茎] 2 名 （植物的）莖、梗

◆くぎ [釘] 0 名 釘子

◆くぎり [区切り] 3 0 名 句讀、段落

◆くせ [癖] 2 名 毛病、習慣

◆くちびる [唇] 0 名 唇

◆くびかざり [首飾り] 3 名 項鍊

◆くびわ [首輪] 0 名 項圈

◆くろじ [黒字] 0 名 黑字、盈餘

◆けもの [獣] 0 名 獸、哺乳動物

◆こがら [小柄] 0 名 ナ形 嬌小、（衣服上的花紋）小碎花

◆こぎって [小切手] 2 名 支票

◆ここち [心地] 0 名 心情、感覺

◆こころえ [心得] 3 4 名 須知、基礎、經驗、代理

◆こころがけ [心掛け] 0 名 心理準備、留心、品行

◆こし [腰] 0 名 腰

◆こずえ [梢] 0 名 樹梢

◆こぜに [小銭] 0 名 零錢

◆こと [琴] 1 名 古箏、琴

◆ことがら [事柄] 0 名 事情、情形

◆こよみ [暦] 3 0 名 日曆、曆書

◆こんだて [献立] 0 名 菜單、清單、明細

....

◆さかだち [逆立ち] 0 名 倒立、顛倒

◆さくご [錯誤] 1 名 錯誤

◆さしず [指図] 1 名 指使、指示

◆さしひき [差（し）引き] 2 名 差額

◆ざんだか [残高] １０ 名 餘額

◆さんばし [桟橋] 0 名 碼頭

◆しあがり [仕上（が）り] 0 名 完成、結果

◆しあげ [仕上げ] 0 名 做完、完成、收尾

◆しお [潮] 2 名 潮水、海潮、時機

◆しくみ [仕組（み）] 0 名 構造、結構、安排、策劃

◆した [舌] 2 名 舌頭

◆したごころ [下心] 3 名 企圖、別有用心

◆したじ [下地] 0 名 準備、底子、資質

◆したどり [下取り] 0 名 折舊、抵價

◆したび [下火] 0 名 火勢轉弱、衰退

◆じぬし [地主] 0 名 地主

◆しば [芝] 0 名 （草坪上的）小草

◆しも [霜] 2 名 霜

◆しょうさい [詳細] 0 名 ナ形 詳細、詳情

◆しり [尻] 2 名 臀部、末尾

◆しる [汁] 1 名 汁液、湯、漿

◆しろ [城] 0 名 城、城堡

◆す [巣] １０ 名 巣、穴、窩

◆す [酢] 1 名 醋

◆すがた [姿] 1 名 模樣、樣子、姿態

◆すき 0 名 縫隙、空閒

◆すぎ [杉] 0 名 杉木、杉樹

◆すじ [筋] 1 名 大綱、概要、素質、筋、腱

◆すず [鈴] 0 名 鈴、鈴噹

◆すそ 0 名 下擺、（山）腳

◆すな [砂] 0 名 沙子

◆すみ [隅／角] 1 名 角落

◆すみ [墨] 2 名 墨、油墨

◆せき [咳] 2 名 咳嗽

◆そで [袖] 0 名 袖子

· ·

◆だいなし [台無し] 0 名 ナ形 垮台、功虧一簣

◆たき [滝] 0 名 瀑布、急流

◆たけ [丈] 2 名 身高、高度、長度

◆ただ 1 名 免費、普通、平常

◆たたみ [畳] 0 名 榻榻米

◆たて [縦] 1 名 長、縱

◆たてまえ [建前／立前] 3 2 名 基本方針、大原則、表面話

考前衝刺
第五回

試 題

▼ （1）次の言葉の正しい読み方を一つ選びなさい。

（　　）①依存

　　　　1. いざん　　　2. いぞん　　　3. いずん　　　4. いばん

（　　）②援助

　　　　1. えいじょ　2. えいしょ　3. えんじょ　4. えんしょ

（　　）③画家

　　　　1. かいえ　　　2. かか　　　3. がか　　　4. かうち

（　　）④口紅

　　　　1. くちこう　2. くちほん　3. くちあか　4. くちべに

（　　）⑤志す

　　　　1. こむろざす　　　　　2. こさらざす

　　　　3. こころざす　　　　　4. こもろざす

（　　）⑥純粋

　　　　1. しんすい　　　　　　2. しゅんすい

　　　　3. じゅんすい　　　　　4. じんすい

（　　）⑦是非

　　　　1. せい　　　2. ぜび　　　3. せひ　　　4. ぜひ

（　　）⑧蓄える

    1. たがわえる   2. たくちえる

    3. たきたえる   4. たくわえる

（　　）⑨突っ込む

    1. つっかむ   2. つっこむ   3. つっしむ   4. つっとむ

（　　）⑩丼

    1. とんふり   2. とんぶり   3. どんぶり   4. どんふり

（　　）⑪似通う

    1. にらかう   2. にいとう   3. にまわう   4. にかよう

（　　）⑫熱する

    1. ねんする   2. ねつする   3. ねっする   4. ねこする

（　　）⑬破片

    1. はへら   2. はひん   3. はかた   4. はへん

（　　）⑭吹雪

    1. ふふき   2. ふぶき   3. ふずき   4. ふみき

（　　）⑮細い

    1. ほそい   2. ほさい   3. ほこい   4. ほへい

（　　）⑯土産

    1. みなげ   2. みわげ   3. みやげ   4. みかげ

（　　）⑰名刺

    1. めいし   2. めいち   3. めいさ   4. めいす

（　　）⑱雇う

    1. やもう　　2. やたう　　3. やとう　　4. やろう

（　　）⑲横切る

    1. よろきる　2. よろぎる　3. よこきる　4. よこぎる

（　　）⑳流行

    1. りゅういき　　　　　2. りゅうこう

    3. りゅうこん　　　　　4. りゅうしん

（　　）㉑恋愛

    1. れいあい　2. れんあい　3. れきあい　4. れしあい

（　　）㉒笑う

    1. わらう　　2. わこう　　3. わかう　　4. わとう

▶ (2) 次の言葉の正しい漢字を一つ選びなさい。

（　　）①あいだがら

    1. 間柄　　2. 間殻　　3. 相柄　　4. 相殻

（　　）②うえき

    1. 植木　　2. 埋木　　3. 梅木　　4. 運木

（　　）③おとな

    1. 老人　　2. 子供　　3. 大人　　4. 父母

（　　）④きらく

    1. 気体　　2. 気分　　3. 気味　　4. 気楽

（　　）⑤けいえい

  1. 経験   2. 経営   3. 経過   4. 経歴

（　　）⑥さっきゅう

  1. 催急   2. 即急   3. 早急   4. 速急

（　　）⑦ずかん

  1. 図鑑   2. 頭鑑   3. 事鑑   4. 辞鑑

（　　）⑧そそぐ

  1. 注ぐ   2. 接ぐ   3. 稼ぐ   4. 挿ぐ

（　　）⑨ちくしょう

  1. 蓄性   2. 畜生   3. 蓄積   4. 畜形

（　　）⑩てんじょう

  1. 天場   2. 天位   3. 天所   4. 天井

（　　）⑪なのか

  1. 七天   2. 七日   3. 四天   4. 四日

（　　）⑫ぬけだす

  1. 抜け発す 2. 抜け立す 3. 抜け放す 4. 抜け出す

（　　）⑬のうこう

  1. 農村   2. 農作   3. 農耕   4. 農民

（　　）⑭ひなた

  1. 日所   2. 陽当   3. 日向   4. 陽場

（　　　）⑮へい

　　　1. 併　　　　2. 柵　　　　3. 塀　　　　4. 壁

（　　　）⑯また

　　　1. 股　　　　2. 脇　　　　3. 膵　　　　4. 臍

（　　　）⑰むかえる

　　　1. 迎える　　2. 対える　　3. 反える　　4. 歓える

（　　　）⑱もうてん

　　　1. 重点　　　2. 盲点　　　3. 満点　　　4. 欠点

（　　　）⑲ゆえに

　　　1. 因に　　　2. 故に　　　3. 所に　　　4. 以に

（　　　）⑳らんぼう

　　　1. 乱爆　　　2. 乱棒　　　3. 乱暴　　　4. 乱暮

（　　　）㉑るいすい

　　　1. 類押　　　2. 類推　　　3. 類引　　　4. 類量

（　　　）㉒ろくおん

　　　1. 録画　　　2. 録声　　　3. 録影　　　4. 録音

解答

▶ **(1) 次の言葉の正しい読み方を一つ選びなさい。**

① 2　② 3　③ 3　④ 4　⑤ 3

⑥ 3　⑦ 4　⑧ 4　⑨ 2　⑩ 3

⑪ 4　⑫ 3　⑬ 4　⑭ 2　⑮ 1

⑯ 3　⑰ 1　⑱ 3　⑲ 4　⑳ 2

㉑ 2　㉒ 1

▶ **(2) 次の言葉の正しい漢字を一つ選びなさい。**

① 1　② 1　③ 3　④ 4　⑤ 2

⑥ 3　⑦ 1　⑧ 1　⑨ 2　⑩ 4

⑪ 2　⑫ 4　⑬ 3　⑭ 3　⑮ 3

⑯ 1　⑰ 1　⑱ 2　⑲ 2　⑳ 3

㉑ 2　㉒ 4

解析

▶ (1) 次の言葉の正しい読み方を一つ選びなさい。

(2) ①依存

　　　2. いぞん [依存] 0 名 依存、依頼

(3) ②援助

　　　3. えんじょ [援助] 1 名 援助

(3) ③画家

　　　3. がか [画家] 0 名 畫家

(4) ④口紅

　　　4. くちべに [口紅] 0 名 口紅

(3) ⑤志す

　　　3. こころざす [志す] 4 自他動 立志

(3) ⑥純粋

　　　3. じゅんすい [純粋] 0 名 ナ形 純粋

(4) ⑦是非

　　　1. せ / せい [背] 1 / 1 名 背、身高

　　　1. せい [正] 1 名 正

　　　1. せい [生] 1 名 活、生命

　　　　　　　　1 代 （男子自謙的用語）小生

　　　1. せい [性] 1 名 生性、本性、性別

　　　1. せい [姓] 1 名 姓氏

1. せい [所為] ① 名 緣故

1. ～せい [～製] 接尾 （製造）～製

1. ～せい [～制] 接尾 （制度）～制

1. ～せい [～性] 接尾 （性質、傾向）～性

4. ぜひ [是非] ① 名 是非

① 副 務必

（ 4 ） ⑧蓄える

4. たくわえる [蓄える] ④ ③ 他動 貯蓄、貯備

（ 2 ） ⑨突っ込む

2. つっこむ [突っ込む] ③ 自他動 衝進、戳入、插進、深究、干涉

（ 3 ） ⑩丼

3. どんぶり [丼] ⓪ 名 （陶瓷製的）大碗公、蓋飯

（ 4 ） ⑪似通う

4. にかよう [似通う] ③ 自動 相似

（ 3 ） ⑫熱する

3. ねっする [熱する] ⓪ ③ 自他動 發熱、加熱、熱衷

（ 4 ） ⑬破片

4. はへん [破片] ⓪ 名 碎片

（ 2 ） ⑭吹雪

2. ふぶき [吹雪] ① 名 暴風雪

（ 1 ） ⑮細い

1. ほそい [細い] ② イ形 細的、狹窄的、微弱的

（　3　）⑯土産

    3. みやげ [土産] 0 名 伴手禮、手信、土產

（　1　）⑰名刺

    1. めいし [名刺] 0 名 名片

（　3　）⑱雇う

    3. やとう [雇う] 2 他動 僱用、利用

（　4　）⑲横切る

    4. よこぎる [横切る] 3 他動 橫越

（　2　）⑳流行

    1. りゅういき [流域] 0 名 流域

    2. りゅうこう [流行] 0 名 流行

（　2　）㉑恋愛

    2. れんあい [恋愛] 0 名 戀愛

（　1　）㉒笑う

    1. わらう [笑う] 0 自他動 笑、嘲笑、（衣服、花朵）綻開

▶ (2) 次の言葉の正しい漢字を一つ選びなさい。

（　1　）①あいだがら

    1. あいだがら [間柄] 0 名 血緣關係、親屬關係、交情

（　1　）②うえき

    1. うえき [植木] 0 名 種在庭院或花盆內的樹、盆栽

（　3　）③おとな

      1. ろうじん [老人] 0 名 老人

      2. こども [子供] 0 名 小孩、兒童

      3. おとな [大人] 0 名 大人、成人、成熟

      4. ふぼ [父母] 1 名 父母、家長

（　4　）④きらく

      1. きたい [気体] 0 名 氣體

      2. きぶん [気分] 1 名 心情、情緒、氣氛

      3. きみ [気味] 2 名 樣子、心情

      3. ～ぎみ [～気味] 接尾 有～傾向、有～的樣子

      4. きらく [気楽] 0 ナ形 輕鬆、自在、安逸

（　2　）⑤けいえい

      1. けいけん [経験] 0 名 經驗、體驗

      2. けいえい [経営] 0 名 經營

      3. けいか [経過] 0 名 經過

      4. けいれき [経歴] 0 名 經歷

（　3　）⑥さっきゅう

      3. さっきゅう [早急] 0 名 ナ形 緊急、火速、趕忙

（　1　）⑦ずかん

      1. ずかん [図鑑] 0 名 圖鑑

（　1　）⑧そそぐ

      1. そそぐ [注ぐ] 0 2 自他動 注入、流入、澆

      2. つぐ [接ぐ] 0 他動 連接

      3. かせぐ [稼ぐ] 2 他動 賺錢

（　2　）⑨ちくしょう

  2. ちくしょう [畜生] 3 名 畜生

       3 感 （憤怒時的氣話）可惡

  3. ちくせき [蓄積] 0 名 累積

（　4　）⑩てんじょう

  4. てんじょう [天井] 0 名 天花板

（　2　）⑪なのか

  2. なのか [七日] 0 名 七號、七日

  4. よっか [四日] 0 名 四號、四日

（　4　）⑫ぬけだす

  4. ぬけだす [抜け出す] 3 自動 擺脫、領先

（　3　）⑬のうこう

  1. のうそん [農村] 0 名 農村、鄉村

  3. のうこう [農耕] 0 名 農耕、種田

  4. のうみん [農民] 0 名 農民

（　3　）⑭ひなた

  3. ひなた [日向] 0 名 向陽處、陽光照到的地方

（　3　）⑮へい

  2. さく [柵] 2 名 柵欄

  3. へい [塀] 0 名 圍牆、牆壁、柵欄

  4. かべ [壁] 0 名 牆壁

（　1　）⑯また

　　　　1. また [股] ② 名 胯、分岔

　　　　1. もも [股／腿] ① 名 大腿

　　　　2. わき [脇] ② 名 腋下、旁邊、他處

（　1　）⑰むかえる

　　　　1. むかえる [迎える] ⓪ 他動 迎接、迎合、歡迎、迎擊

（　2　）⑱もうてん

　　　　1. じゅうてん [重点] ③ ⓪ 名 重點

　　　　2. もうてん [盲点] ① ③ 名 盲點

　　　　3. まんてん [満点] ③ 名 滿分、滿足

　　　　4. けってん [欠点] ③ 名 缺點

（　2　）⑲ゆえに

　　　　2. ゆえに [故に] ② 接續 因此、所以

（　3　）⑳らんぼう

　　　　3. らんぼう [乱暴] ⓪ 名 ナ形 粗暴、暴力

（　2　）㉑るいすい

　　　　2. るいすい [類推] ⓪ 名 類推、類比

（　4　）㉒ろくおん

　　　　4. ろくおん [録音] ⓪ 名 錄音

◆たな [棚] ⓪ 名 書架、書櫃

◆たに [谷] ② 名 山谷、溪谷

◆たね [種] ① 名 種籽、種類、品種、原因

◆たば [束] ① 名 （指捆在一起的東西）捆、把

◆たま [弾] ② 名 子彈

◆たましい [魂] ① 名 靈魂、精神

◆だめ [駄目] ② 名 ナ形 不行、不可能、沒用、壞掉了

◆ちょうてい [調停] ⓪ 名 調停

◆つぎめ [継ぎ目] ⓪ 名 接頭、接縫

◆つなみ [津波] ⓪ 名 海嘯

◆つばさ [翼] ⓪ 名 翅膀

◆つぶ [粒] ① 名 顆粒

◆つぼ [壺] ⓪ 名 壺、潭、關鍵、正中下懷

◆つみ [罪] ① 名 罪

◆つめ [爪] ⓪ 名 爪子、指甲、趾甲

◆つゆ [露] ① ② 名 露水

◆つりがね [釣鐘] ⓪ 名 吊鐘

◆つりかわ [吊り革] ⓪ 名 吊環

◆てあて [手当て] ① 名 預備、津貼、小費、治療

◆ておくれ [手遅れ] ② 名 為時已晚、來不及

◆てがかり [手掛かり] ② 名 線索

◆てぎわ [手際] ⓪ 名 ナ形 （表處理事情的方法）手腕、能力

◆てじゅん [手順] ⓪ ① 名 程序、步驟

◆てじょう [手錠] ⓪ 名 手銬

◆てすう [手数] ② 名 （費）工夫、（添）麻煩、手續

◆てちょう [手帳] ⓪ 名 記事本

◆てはい [手配] ① 名 安排、籌備

◆てびき [手引き] １３ 名 指南、說明書

◆てほん [手本] ② 名 範本、模範

◆てまわし [手回し] ② 名 準備、安排

◆てもと [手元] ③ 名 手邊、眼前

◆といあわせ [問（い）合（わ）せ] ⓪ 名 詢問、照會

◆とおまわり [遠回り] ③ 名 ナ形 委婉

◆としごろ [年頃] ⓪ 名 年齡大約、（女性的）適婚年齡、正值～年齡

◆とじまり [戸締（ま）り] ② 名 鎖好門窗、門窗上鎖、鎖門

◆とっく ⓪ 名 很久以前

◆どて [土手] ⓪ 名 堤防、（無牙的）牙床

◆となり [隣] ⓪ 名 隔壁

◆とびら [扉] ⓪ 名 門、扉頁

◆ともかせぎ [共稼ぎ] ⓪３ 名 （夫妻倆都在賺錢）雙薪家庭、雙份收入

◆とりあつかい [取（り）扱い] ⓪ 名 處理、操作、接待、待遇

◆とりしまり [取（り）締（ま）り] ⓪ 名 監督、管理

◆とりひき [取引] ② 名 交易

◆どろ [泥] ② 名 泥巴

◆どわすれ [度忘れ] ② 名 一時想不起來、一時忘了

◆とんや [問屋] ⓪ 名 批發商

◆なえ [苗] 1 名 幼苗、稻秧

◆なかば [半ば] 3 2 名 中央、中途、中間、一半

◆なこうど [仲人] 2 名 媒人

◆なさけ [情け] 1 3 名 仁慈、同情、愛情、情趣

◆なぞ [謎] 0 名 謎、暗示、莫名其妙

◆なだれ [雪崩] 0 名 雪崩

◆ななめ [斜め] 2 名 ナ形 傾斜、不高興

◆なふだ [名札] 0 名 名牌

◆なべ [鍋] 1 名 鍋子、火鍋

◆なまみ [生身] 2 0 名 肉體、活人

◆なまり [鉛] 0 名 鉛

◆なみ [波] 2 名 波浪、波、浪潮、高低起伏

◆なみ [並（み）] 0 名 普通、中等（程度）

◆なみだ [涙] 1 名 眼淚、同情

◆なわ [縄] 2 名 繩子

◆にじ [虹] 0 名 彩虹

◆にせもの [贋物] 0 名 贋品、偽造品

◆ねうち [値打ち] 0 名 估價、價值

◆ねまわし [根回し] 2 名 （為了移植或多結果）剪掉鬚根、事先疏通

◆のきなみ [軒並（み）] 0 名 屋簷櫛比鱗次、一律

◆は [刃] 1 名 刀刃、刀鋒

◆はかせ [博士] 1 名 博士、博學之士

◆はし [端] 0 名 端、邊、起點、開端

◆はし [箸] 1 名 筷子

◆はじ [恥] 2 名 恥辱、羞恥

◆はしら [柱] 3 0 名 柱子、杆子、支柱、靠山

◆はず 0 名 應該、理應、預計

◆はた [旗] 2 名 旗幟

◆はだし [裸足] 0 名 赤腳、敵不過

◆はちみつ [蜂蜜] 0 名 蜂蜜

◆はね [羽] 0 名 羽毛、翅膀、翼

◆はば [幅] 0 名 寬度、幅面、差距、差價

◆はま [浜] 2 名 海濱、湖濱

◆はまべ [浜辺] 0 3 名 海濱、湖濱

◆はらだち [腹立ち] 0 4 名 生氣

◆はりがみ [張（り）紙] 0 名 貼紙、貼出廣告

◆ひかえしつ [控（え）室] 3 名 等候室、休息室

◆ひげ [髭] 0 名 鬍鬚、鬚

◆ひごろ [日頃] 0 名 平時、平常

◆ひだりきき [左利き] 0 名 左撇子、愛喝酒的人

◆ひといき [一息] 2 名 喘口氣、一口氣

◆ひとかげ [人影] 0 名 人影、人

◆ひとけ [人気] 0 名 人的氣息

◆ひとがら [人柄] 0 名 ナ形 人品好、為人

◆ひところ [一頃] 2 名 前些日子

◆ひとじち [人質] 0 名 人質

◆ひとすじ [一筋] 2 名 ナ形 一條、一根、一心一意

◆ひとみ [瞳] 0 名 眼睛、瞳孔

◆ひとめ [人目] 0 名 看一眼、一眼望盡

◆ひどり [日取り] 0 名 日期、日程

◆ひも [紐] 0 名 細繩、帶子、條件

◆ひやけ [日焼け] 0 名 晒黑

◆ひるめし [昼飯] 0 名 午飯

◆ふえ [笛] 0 名 笛子、哨子

◆ふくろ [袋] 3 名 袋、口袋

◆ふし [節] 2 名 節、關節、曲調、地方、段落

◆ふた [蓋] 0 名 蓋子

◆ふだ [札] 0 名 牌子、告示牌、撲克牌、護身符

◆ふち [縁] 2 名 邊、緣

◆ほ [穂] 1 名 穂、尖端

◆ほほ / ほお [頬] 1 / 1 名 臉、臉頰

....

◆まうえ [真上] 3 名 正上方

◆まえうり [前売り] 0 名 預售

◆まえおき [前置き] 0 名 前言、開場白

◆まくら [枕] 1 名 枕頭、枕邊、開場白

◆まごころ [真心] 2 名 真心、誠意

◆まこと [誠 / 真] 0 名 真實、事實、真心、誠意

◆ました [真下] 3 名 正下方

◆まち [町 / 街] 2 名 城鎮、市街

◆まちまち 2 0 名 ナ形 各式各樣、形形色色

◆まつ [松] 1 名 松樹

◆まめ [豆] 2 名 豆

◆まゆ [眉] 1 名 眉毛

◆みあい [見合い] 0 名 相親、平衡

◆みき [幹] 1 名 樹幹、（事物的）主軸

◆みこみ [見込み] 0 名 預料、期待、前途

◆みさき [岬] 0 名 海岬、岬角

◆みずうみ [湖] 3 名 湖

◆みずけ [水気] 0 名 水分

◆みぞ [溝] 0 名 水溝、溝渠、代溝、隔閡

◆みつもり [見積もり] 0 名 估算、計算

◆みとおし [見通し] 0 名 遠見、洞察、先覺

◆みなもと [源] 0 名 水源、根源、起源

◆みね [峰] 2 名 山峰、山巓、刀背

◆みのうえ [身の上] 0 4 名 境遇、身世、命運

◆みはらし [見晴らし] 0 名 遠眺、展望台

◆むこ [婿] 1 名 女婿、贅婿

◆むだづかい [無駄遣い] 3 名 浪費

◆むちゃ [無茶] 1 名 ナ形 蠻橫、過分、無知

◆むらさき [紫] 2 名 紫色、紫草、醬油

◆め [芽] 1 名 芽、事物發展的起頭

◆や [矢] 1 名 箭

◆やくば [役場] 3 名 村公所、鎮公所、工作場所

◆やしき [屋敷] 3 名 建築用地、宅邸、豪宅

◆やちん [家賃] 1 名 房租

◆ゆうやけ [夕焼け] 0 名 晚霞

◆ゆみ [弓] 2 名 弓、弓術、弓型物

◆よこづな [横綱] 0 名 （相撲一級力士）横綱、（同類型中）首屈一指的人

◆よふかし [夜更かし] 3 2 名 熬夜

◆よふけ [夜更け] 3 名 深夜

◆よめ [嫁] 0 名 媳婦、新娘

◆りょうかい [了解] 0 名 了解、領會、諒解

◆わく [枠] 2 名 框架、輪廓、範圍、制約

◆わけ [訳] 0 名 原因、理由、內容、常識、道理、內情

◆わたりどり [渡り鳥] 3 名 候鳥

◆わりあて [割（り）当て] 0 名 分配、分擔

考前衝刺
第六回

試 題

(1) 次の言葉の正しい読み方を一つ選びなさい。

(　　) ①意欲

1. いよく　2. いほつ　3. いやく　4. いかつ

(　　) ②駅

1. えい　2. えき　3. えま　4. えん

(　　) ③空っぽ

1. かたっぽ　2. からっぽ　3. かりっぽ　4. かなっぽ

(　　) ④鎖

1. くわい　2. くさり　3. くまさ　4. くしろ

(　　) ⑤擦る

1. こする　2. こさる　3. こもる　4. ことる

(　　) ⑥宗教

1. しゅうきょう　2. しょうきょう

3. しきょう　4. そんきょう

(　　) ⑦設計

1. ぜっけい　2. せっけい　3. ぜっかい　4. せっかい

(　　) ⑧脱線

1. たっせん　2. だっせん　3. たっしん　4. だっしん

（　　）⑨繋げる

　　　　1. ついげる　　2. つむげる　　3. つなげる　　4. つやげる

（　　）⑩泥棒

　　　　1. とろほう　　2. とろぼう　　3. どろほう　　4. どろぼう

（　　）⑪濁る

　　　　1. にじる　　　2. にごる　　　3. にぶる　　　4. にがる

（　　）⑫値引き

　　　　1. ねひき　　　2. ねびき　　　3. ねかき　　　4. ねがき

（　　）⑬甚だ

　　　　1. はすじだ　　2. はらみだ　　3. はなはだ　　4. はかまだ

（　　）⑭部門

　　　　1. ふめん　　　2. ぶめん　　　3. ふもん　　　4. ぶもん

（　　）⑮本名

　　　　1. ほんみん　　　　　　　　2. ほんめん

　　　　3. ほんみょう　　　　　　　4. ほんみゅう

（　　）⑯実る

　　　　1. みわる　　　2. みのる　　　3. みなる　　　4. みねる

（　　）⑰面する

　　　　1. めいする　　2. めんする　　3. めきする　　4. めてする

(　　) ⑱厄介

1. やっしょう　2. やくしょう
3. やっかい　4. やくかい

(　　) ⑲漸く

1. ようやく　2. よやわく　3. よみやく　4. ようちく

(　　) ⑳寮

1. りゃん　2. りょう　3. りゅう　4. りん

(　　) ㉑連休

1. れんしょう　2. れんきゅう
3. れんやす　4. れんみょう

(　　) ㉒割引

1. わりひき　2. わりびき　3. わいひき　4. わいびき

◤ (2) 次の言葉の正しい漢字を一つ選びなさい。

(　　) ①あまど

1. 雨戸　2. 雨土　3. 天窓　4. 天途

(　　) ②うわぎ

1. 上着　2. 浮気　3. 植木　4. 飢餓

(　　) ③おさない

1. 幼い　2. 稚い　3. 危い　4. 軽い

(　　) ④ききょう

1. 帰京　2. 帰家　3. 帰都　4. 帰途

(　　　) ⑤けとばす

    1. 蹴飛ばす　　　2. 蹴動ばす　　　3. 蹴叩ばす　　　4. 蹴取ばす

(　　　) ⑥さとる

    1. 悟る　　　　　2. 遡る　　　　　3. 捜る　　　　　4. 探る

(　　　) ⑦すもう

    1. 随筆　　　　　2. 崇拝　　　　　3. 相撲　　　　　4. 頭脳

(　　　) ⑧そつぎょう

    1. 出業　　　　　2. 学業　　　　　3. 卒業　　　　　4. 入業

(　　　) ⑨ちっそく

    1. 停息　　　　　2. 畜息　　　　　3. 縮息　　　　　4. 窒息

(　　　) ⑩てきする

    1. 快する　　　　2. 適する　　　　3. 転する　　　　4. 伝する

(　　　) ⑪ならう

    1. 為う　　　　　2. 慣う　　　　　3. 倣う　　　　　4. 投う

(　　　) ⑫ぬま

    1. 沼　　　　　　2. 池　　　　　　3. 河　　　　　　4. 海

(　　　) ⑬のがれる

    1. 望れる　　　　2. 呪れる　　　　3. 飲れる　　　　4. 逃れる

(　　　) ⑭ひっぱる

    1. 引っ張る　　　2. 挽っ張る　　　3. 弾っ張る　　　4. 退っ張る

(　　) ⑮へきえき

     1. 癖易　　　　2. 碧易　　　　3. 壁易　　　　4. 辟易

(　　) ⑯ますい

     1. 睡眠　　　　2. 投薬　　　　3. 注射　　　　4. 麻酔

(　　) ⑰むちゃくちゃ

     1. 無茶苦茶　　2. 無茶甘茶　　3. 苦茶黒茶　　4. 苦茶甘茶

(　　) ⑱もち

     1. 飼　　　　　2. 餓　　　　　3. 飯　　　　　4. 餅

(　　) ⑲ゆうする

     1. 存する　　　2. 在する　　　3. 有する　　　4. 居する

(　　) ⑳らん

     1. 梱　　　　　2. 柵　　　　　3. 欄　　　　　4. 枥

(　　) ㉑るす

     1. 留守　　　　2. 留置　　　　3. 留居　　　　4. 留待

(　　) ㉒ろんずる

     1. 詩ずる　　　2. 諭ずる　　　3. 論ずる　　　4. 説ずる

解答

▶ **(1) 次の言葉の正しい読み方を一つ選びなさい。**

① 1	② 2	③ 2	④ 2	⑤ 1
⑥ 1	⑦ 2	⑧ 2	⑨ 3	⑩ 4
⑪ 2	⑫ 2	⑬ 3	⑭ 4	⑮ 3
⑯ 2	⑰ 2	⑱ 3	⑲ 1	⑳ 2
㉑ 2	㉒ 2			

▶ **(2) 次の言葉の正しい漢字を一つ選びなさい。**

① 1	② 1	③ 1	④ 1	⑤ 1
⑥ 1	⑦ 3	⑧ 3	⑨ 4	⑩ 2
⑪ 3	⑫ 1	⑬ 4	⑭ 1	⑮ 4
⑯ 4	⑰ 1	⑱ 4	⑲ 3	⑳ 3
㉑ 1	㉒ 3			

解析

▍（1）次の言葉の正しい読み方を一つ選びなさい。

（ 1 ）①意欲

    1. いよく [意欲] 1 名 意願、熱情

（ 2 ）②駅

    1. ～えい [～営] 接尾 ～（軍）營

    2. えき [駅] 1 名 車站

    2. えき [液] 1 名 液體、汁液

    4. えん [円] 1 名 圓、圓形、圓周、日圓

    4. えん [縁] 1 名 緣分、血緣、姻緣

    4. ～えん [～円] 接尾 ～日圓

    4. ～えん [～園] 接尾 ～園

（ 2 ）③空っぽ

    2. からっぽ [空っぽ] 0 名 ナ形 空

（ 2 ）④鎖

    2. くさり [鎖] 0 3 名 鍊子、聯繫

（ 1 ）⑤擦る

    1. こする [擦る] 2 他動 擦、摩擦、搓

    ※かする [擦る] 2 0 他動 擦過、掠過

    ※さする [擦る] 0 2 他動 摩擦、搓

    ※する [擦る] 1 他動 摩擦、劃（火柴）

    3. こもる [籠る] 2 自動 隱居、充滿

（　1　）⑥宗教

    1. しゅうきょう [宗教] 1 名 宗教

（　2　）⑦設計

    2. せっけい [設計] 0 名 設計

    4. せっかい [切開] 1 0 名 剖開

（　2　）⑧脱線

    2. だっせん [脱線] 0 名 （電車等）脱軌、（言行）反常、離題

（　3　）⑨繋げる

    3. つなげる [繋げる] 0 他動 串連、連接

（　4　）⑩泥棒

    4. どろぼう [泥棒] 0 名 小偷

（　2　）⑪濁る

    2. にごる [濁る] 2 自動 渾濁、不清晰、起邪念、混亂、發濁音

    3. にぶる [鈍る] 2 自動 變鈍、變遲鈍、降低

（　2　）⑫値引き

    2. ねびき [値引き] 0 名 降價

（　3　）⑬甚だ

    3. はなはだ [甚だ] 0 副 很、太、甚

（　4　）⑭部門

    4. ぶもん [部門] 1 0 名 部門、方面

（　3　）⑮本名

    3. ほんみょう [本名] 1 名 本名、真名

（ ２ ）⑯実る

    2. みのる [実る] 2 自動 結果

（ ２ ）⑰面する

    2. めんする [面する] 3 自動 面對

（ ３ ）⑱厄介

    3. やっかい [厄介] 1 名 ナ形 麻煩、照顧、寄宿的人、

    難對付的人

（ １ ）⑲漸く

    1. ようやく [漸く] 0 副 好歹、總算、漸漸

（ ２ ）⑳寮

    2. りょう [寮] 1 名 宿舍、茶寮、別墅

    2. りょう [量] 1 名 數量、程度

    2. りょう [両] 1 名 雙、兩

    2. りょう～ [両～] 接頭 雙～、雙方～、兩～

    2. ～りょう [～両] 接尾 ～輛

    2. ～りょう [～料] 接尾 ～的費用、～的材料

    2. ～りょう [～領] 接尾 ～領地、（鎧甲的單位）～件

    3. ～りゅう [～流] 接尾 ～流派、～派別

（ ２ ）㉑連休

    2. れんきゅう [連休] 0 名 連續假期

（ ２ ）㉒割引

    2. わりびき [割（り）引（き）] 0 名 折扣

▶ (2) 次の言葉の正しい漢字を一つ選びなさい。

(1) ①あまど

　　　 1. あまど [雨戸] 2 名 擋風板、防雨門板

(1) ②うわぎ

　　　 1. うわぎ [上着] 0 名 上衣、外套

　　　 2. うわき [浮気] 0 名 ナ形 花心、有外遇、愛情不專一

　　　 3. うえき [植木] 0 名 種在庭院或花盆內的樹、盆栽

(1) ③おさない

　　　 1. おさない [幼い] 3 イ形 年幼的、幼小的、幼稚的

　　　 4. かるい [軽い] 0 イ形 輕的、輕浮的

(1) ④ききょう

　　　 1. ききょう [帰京] 0 名 （回首都，明治前指京都，明治後指
　　　 東京）回京

(1) ⑤けとばす

　　　 1. けとばす [蹴飛ばす] 0 3 他動 踢飛、踢開、拒絕

(1) ⑥さとる

　　　 1. さとる [悟る] 0 2 他動 覺悟、領悟、發覺

　　　 2. さかのぼる [遡る] 4 自動 回溯、追溯

　　　 4. さぐる [探る] 0 2 他動 刺探、探訪

(3) ⑦すもう

　　　 1. ずいひつ [随筆] 0 名 隨筆

　　　 2. すうはい [崇拝] 0 名 崇拜

3. すもう [相撲] 0 名 相撲

4. ずのう [頭脳] 1 名 頭脳

（ 3 ） ⑧そつぎょう

3. そつぎょう [卒業] 0 名 畢業

（ 4 ） ⑨ちっそく

4. ちっそく [窒息] 0 名 窒息

（ 2 ） ⑩てきする

2. てきする [適する] 3 自動 適用、適合、符合

（ 3 ） ⑪ならう

3. ならう [倣う] 2 自動 模仿、效法

（ 1 ） ⑫ぬま

1. ぬま [沼] 2 名 沼澤

2. いけ [池] 2 名 池塘、水窪

3. かわ [川 / 河] 2 名 河川

3. かわ [革] 2 名 皮革

3. かわ [皮] 2 名 表皮、外皮

4. うみ [海] 1 名 海

（ 4 ） ⑬のがれる

4. のがれる [逃れる] 3 自動 逃跑、逃避、避免、擺脫

（ 1 ） ⑭ひっぱる

1. ひっぱる [引っ張る] 3 他動 拉、扯、帶領、引誘、強拉走

（ 4 ）⑮へきえき

    4. へきえき [辟易] 0 名 畏縮、退縮、屈服

（ 4 ）⑯ますい

    1. すいみん [睡眠] 0 名 睡眠

    3. ちゅうしゃ [注射] 0 名 注射、専注

    4. ますい [麻酔] 0 名 麻酔

（ 1 ）⑰むちゃくちゃ

    1. むちゃくちゃ [無茶苦茶] 0 名 ナ形 蠻橫、過分、亂來

（ 4 ）⑱もち

    3. めし [飯] 2 名 米飯、三餐

    4. もち [餅] 0 名 年糕

（ 3 ）⑲ゆうする

    3. ゆうする [有する] 3 他動 所有、持有

（ 3 ）⑳らん

    2. さく [柵] 2 名 柵欄

    3. らん [欄] 1 名 欄杆、表格欄位、專欄

（ 1 ）㉑るす

    1. るす [留守] 1 名 不在家、外出

（ 3 ）㉒ろんずる

    3. ろんじる / ろんずる [論じる / 論ずる] 0 3 / 3 0 他動
    論述、談論、爭論

イ形容詞

◆あくどい 3 **イ形** 狠毒的、刺眼的、品性惡劣的

◆あさましい 4 **イ形** 卑鄙無恥的、下流的、淒慘的

◆あっけない 4 **イ形** 簡單的、不過癮的

◆あやしい [怪しい] 0 3 **イ形** 奇怪的、怪異的、可疑的、不妙的

◆あらい [荒い] 0 2 **イ形** 兇猛的、粗暴的

◆あらっぽい [荒っぽい] 4 0 **イ形** 粗心的、粗魯的、粗糙的

◆いちじるしい [著しい] 5 **イ形** 顯著的、明顯的

◆いやしい [卑しい] 3 0 **イ形** 貪婪的、卑鄙的、貧窮的

◆いやらしい 4 **イ形** 令人討厭的、下流的

◆うっとうしい 5 **イ形** 鬱悶的、沉悶的、討厭的

◆うれしい [嬉しい] 3 **イ形** 高興的、開心的

◆おしい [惜しい] 2 **イ形** 珍惜的、可惜的、捨不得的

◆おっかない 4 **イ形** 可怕的、令人害怕的

◆おびただしい 5 **イ形** 很多的、極

◆かたい [堅い / 固い / 硬い] 0 2 **イ形** 硬的、堅固的、堅定的、可靠的、有把握的

◆きまりわるい [決まり悪い] 5 **イ形** 不好意思的、難為情的

◆きびしい [厳しい] 3 **イ形** 嚴格的

◆くさい [臭い] 2 **イ形** 臭的、可疑的

◆くすぐったい 5 0 **イ形** 怕癢的、難為情的

◆くやしい [悔しい] 3 **イ形** 不甘心的

◆くわしい [詳しい] 3 イ形 詳細的

◆けがらわしい [汚らわしい] 5 イ形 髒的、厭惡的、噁心的

◆けむたい [煙たい] 3 0 イ形 薰人的、嗆人的、讓人不自在的

◆こころづよい [心強い] 5 イ形 放心的、有信心的

◆こころぼそい [心細い] 5 イ形 不安的、膽小的、沒信心的

◆こころよい [快い] 4 イ形 爽快的

◆このましい [好ましい] 4 イ形 討人喜歡的、滿意的、理想的

◆さびしい [寂しい] 3 イ形 寂寞的

◆しぶい [渋い] 2 イ形 澀的、吝嗇的、愁眉苦臉的、素雅的

◆しぶとい 3 イ形 堅強的

◆すがすがしい 5 イ形 清爽的、涼爽的

◆すごい 2 イ形 厲害的

◆すばしこい 4 イ形 敏捷的、俐落的

◆すばやい [素早い] 3 イ形 敏捷的、反應快的、機靈的

◆すばらしい [素晴（ら）しい] 4 イ形 出色的、極佳的、了不起的

◆せつない [切ない] 3 イ形 難過的、悲傷的、痛苦的、苦惱的

◆そうぞうしい [騒々しい] 5 イ形 吵雜的、動盪不安的

◆そっけない 4 イ形 冷淡的

◆たくましい 4 イ形 堅毅不拔的、蓬勃的、旺盛的

◆たやすい 3 0 イ形 容易的、簡單的、輕率的

◆だらしない 4 イ形 雜亂的、邋遢的

◆だるい ② ⓪ イ形 （四肢）無力的

◆とうとい [尊い／貴い] ③ イ形 高貴的、尊貴的、寶貴的

◆とぼしい [乏しい] ③ イ形 缺乏、不足

- -

◆なさけない [情けない] ④ イ形 可恥的、令人遺憾的、可憐的

◆なだかい [名高い] ③ イ形 有名的、出名的

◆なつかしい [懐かしい] ④ イ形 懷念的、眷戀的

◆なにげない [何気ない] ④ イ形 假裝沒事的、無意的

◆なまぐさい [生臭い] ④ イ形 腥的、血腥的

◆なれなれしい [馴れ馴れしい] ⑤ イ形 過分親暱的、嬉皮笑臉的

◆ねむたい [眠たい] ⓪ ③ イ形 睏的

◆のぞましい [望ましい] ④ イ形 所希望的

- -

◆はかない ③ イ形 短暫的、無常的、虛幻的

◆ばかばかしい ⑤ イ形 無聊的、荒謬的、愚蠢的

◆はげしい [激しい] ③ イ形 激烈的、強烈的、厲害的

◆はなはだしい [甚だしい] ⑤ イ形 甚、非常的

◆はなばなしい [華々しい] ⑤ イ形 華麗的、燦爛的、轟轟烈烈的

◆ひさしい [久しい] ③ イ形 好久的、許久的

◆ひらたい [平たい] ⓪ ③ イ形 平坦的、扁平的、簡單的、易懂的

◆ふさわしい ④ イ形 合適、相稱

- -

◆まぎらわしい [紛らわしい] ⑤ イ形 相似的、不易釐清的

◆まちどおしい [待（ち）遠しい] 5 イ形 期盼已久的

◆みぐるしい [見苦しい] 4 イ形 難看的

◆みすぼらしい 5 0 イ形 寒酸的、破舊的

◆みっともない 5 イ形 不像樣的、丟臉的、難看的

◆むなしい [空しい / 虚しい] 3 0 イ形 空虚的、沒有根據的、徒然的

◆めざましい [目覚（ま）しい] 4 イ形 驚人的、出色的、出人意表的

◆めんどうくさい / めんどくさい [面倒くさい] 6 / 5 イ形 麻煩的

◆もろい [脆い] 2 イ形 脆弱的、易碎的、不堅強的

◆ややこしい 4 イ形 複雑的、麻煩的

◆ゆるい [緩い] 2 イ形 鬆弛的、緩和的、緩慢的、稀的、鬆散的

◆よくふかい / よくぶかい [欲深い] 4 / 4 イ形 貪婪的、貪得無厭的

◆わずらわしい [煩わしい] 5 0 イ形 心煩的、繁雑的、不舒服的

ナ形容詞

◆あざやか [鮮やか] 2 ナ形 鮮艷、鮮明、高明

◆あやふや 0 ナ形 曖昧、模稜兩可、含糊不清

◆あんい [安易] 1 0 ナ形 名 容易、老套

◆あんせい [安静] 0 ナ形 名 安靜、靜養、休養

◆あんぜん [安全] 0 ナ形 名 安全

◆えんまん [円満] 0 ナ形 名 圓滿、美滿、圓融

◆おおげさ 0 ナ形 名 誇張

◆おおはば [大幅] 0 ナ形 名 大幅

◆おおまか [大まか] 0 ナ形 不拘小節、粗枝大葉

◆おごそか [厳か] 2 ナ形 有威嚴、嚴肅、莊嚴

◆おだやか [穏やか] 2 ナ形 沉著穩重、溫和、平靜

◆おろか [愚か] 1 ナ形 愚笨、愚蠢、傻

◆おろそか 2 ナ形 馬虎、草率

◆おんわ [温和] 0 ナ形 名 溫和、溫柔

◆かくじつ [確実] 0 ナ形 名 確實

◆かすか [微か] 1 ナ形 微微、微弱、隱約

◆きがる [気軽] 0 ナ形 乾脆、豪爽、輕鬆自在

◆きちょうめん [几帳面] 4 0 ナ形 嚴謹、一絲不苟

◆きまじめ [生真面目] 2 ナ形 名 一本正經、非常認真、過於認真、死心眼

◆きよらか [清らか] 2 ナ形 清澈、純潔

◆きらびやか 3 ナ形 華麗、富麗堂皇、果斷

◆きんべん [勤勉] 0 ナ形 名 勤勉、勤奮、用功

◆けんぜん [健全] 0 ナ形 健全

◆こっけい [滑稽] 0 ナ形 名 滑稽、詼諧、可笑

◆こどく [孤独] 0 ナ形 名 孤獨

◆こまやか [細やか] 2 ナ形 詳細、深厚

◆さかん [盛ん] 0 ナ形 旺盛、熱烈、積極

◆さわやか [爽やか] 2 ナ形 清爽、爽朗

◆じざい [自在] 0 ナ形 名 自在、自由、隨心所欲

◆しとやか [淑やか] 2 ナ形 賢淑、嫻靜

◆しなやか 2 ナ形 柔軟、柔和優美

◆じみ [地味] 2 ナ形 名 樸素、不起眼

◆じゅうなん [柔軟] 0 ナ形 柔軟、靈活

◆じんそく [迅速] 0 ナ形 名 迅速

◆すなお [素直] 1 ナ形 老實

◆すみやか 2 ナ形 敏捷、迅速

◆せいかく [正確] 0 ナ形 名 正確、準確

◆せいじつ [誠実] 0 ナ形 名 誠實、誠心誠意

◆そぼく [素朴] 0 ナ形 名 樸素、單純

◆たくみ [巧み] 0 1 ナ形 巧、巧妙、靈巧

◆たしか [確か] 1 ナ形 確實、確定、可靠

◆ちゅうじつ [忠実] 0 ナ形 名 忠實

◆てがる [手軽] 0 ナ形 名 簡便、輕易

◆てきかく [的確／適確] 0 ナ形 確切

◆どくじ [独自] 1 0 ナ形 名 獨自、獨到

◆なごやか [和やか] 2 ナ形 平靜、和諧、溫和

◆なめらか [滑らか] 2 ナ形 光滑、流利、順暢

◆のどか 1 ナ形 晴朗、悠閒

◆はんぱ [半端] 0 ナ形 名 不齊全、不徹底、尾數、無用的人

◆ひさん [悲惨] 0 ナ形 名 悲慘、凄慘

◆びんかん [敏感] 0 ナ形 名 敏感、靈敏

◆ひんぱん [頻繁] 0 ナ形 名 頻繁、屢次

◆ふきつ [不吉] 0 ナ形 名 不吉利

◆ふしん [不審] 0 ナ形 名 可疑、不清楚

◆ふとう [不当] 0 ナ形 名 不正當、非法、無理

◆ふめい [不明] 0 ナ形 名 不詳、不清楚、愚昧無知

◆みぢか [身近] 0 ナ形 名 切身、身旁、手邊

◆みょう [妙] 1 ナ形 名 巧妙、微妙、不可思議

◆むくち [無口] 1 ナ形 名 沉默、寡言、話少的人

◆むこう [無効] 0 ナ形 名 無效

◆むだ [無駄] 0 ナ形 名 徒勞、無用、浪費

◆めいかく [明確] 0 ナ形 名 明確

◆めいはく [明白] 0 ナ形 名 明白、分明

◆めいろう [明朗] 0 ナ形 名 明朗、清明、光明正大

◆ものずき [物好き] 3 2 ナ形 名 好奇、嗜好、好事者

◆ゆううつ [憂鬱] 0 ナ形 名 憂鬱

◆ゆうこう [有効] 0 ナ形 名 有効

◆ゆうぼう [有望] 0 ナ形 名 有希望、有前途

◆ゆうゆう [悠々] 0 3 ナ形 從容、悠悠、悠閒、悠遠

◆ゆうり [有利] 1 ナ形 名 有利、有益

◆ゆるやか [緩やか] 2 ナ形 緩和、舒暢、寬大、寬鬆

◆ようい [容易] 0 ナ形 名 容易

◆れいこく [冷酷] 0 ナ形 名 冷酷、無情

◆れいせい [冷静] 0 ナ形 名 冷靜、沉著

◆れいたん [冷淡] 3 ナ形 名 冷淡、冷漠

◆わずか [僅か] 1 ナ形 名 僅僅、稍微、一點點

考前衝刺
第七回

▶ 模擬試題

▶ 解答

▶ 考前1天
把這些重要的副詞、連語、接續詞、
外來語都記起來吧！

模擬試題

▊ 問題 1

　　　　　の言葉の読み方として最もよいものを、1・2・3・4
から一つ選びなさい。

（　　　）①公害が人々の健康を脅かしている。

　　　　　1. おどかして　　　　　　　2. おろそかして

　　　　　3. おびやかして　　　　　　4. おどろかして

（　　　）②この辺一帯はだいぶ廃れてしまった。

　　　　　1. すたれて　　　　　　　　2. はいれて

　　　　　3. すこぶれて　　　　　　　4. おちぶれて

（　　　）③あまりに突然のことで戸惑ってしまった。

　　　　　1. こまどって　　　　　　　2. とまどって

　　　　　3. とわくって　　　　　　　4. とまよって

（　　　）④論文がなかなか捗らず困っている。

　　　　　1. はばからず　　　　　　　2. はかどらず

　　　　　3. かばからず　　　　　　　4. しかどらず

（　　　）⑤詳細は後ほどお知らせします。

　　　　　1. しょうさい　　　　　　　2. しゃんさい

　　　　　3. しょうしい　　　　　　　4. しょうし

（　　　）⑥そろそろ桜の花が綻びる季節だ。

　　　　　1. あからびる　　　　　　　2. かきわびる

　　　　　3. はからびる　　　　　　　4. ほころびる

▍問題2

（　　　）に入れるのに最もよいものを、1・2・3・4から一つ選びなさい。

（　　　）①家族の不祥事に（　　　）の狭い思いをした。

　　　1. 肩身　　　2. 骨身　　　3. 親身　　　4. 細身

（　　　）②長い外国生活で、最近よく祖国への（　　　）にかられる。

　　　1. 郷感　　　2. 郷愁　　　3. 郷念　　　4. 郷想

（　　　）③その件については社長の（　　　）を得なければならない。

　　　1. 感想　　　2. 了解　　　3. 確保　　　4. 認証

（　　　）④裁判官は二人の争いごとを（　　　）する義務がある。

　　　1. 調節　　　2. 調度　　　3. 調停　　　4. 調和

（　　　）⑤久しぶりに同級生に会って話が（　　　）。

　　　1. 続いた　　2. 弾んだ　　3. 盛んだ　　4. 飛んだ

（　　　）⑥これは科学者たちが試行（　　　）を重ねて完成させた作品である。

　　　1. 錯誤　　　2. 錯乱　　　3. 運行　　　4. 運転

（　　　）⑦環境問題を扱った本が（　　　）出版されている。

　　　1. 押し寄せて　　　　　　2. 奮闘して

　　　3. 相次いで　　　　　　　4. 継続して

　　　　　の言葉に意味が最も近いものを、1・2・3・4
から一つ選びなさい。

（　　　）①雨の日に出かけるのはわずらわしくて嫌いだ。

　　　　　1. しつこくて　　　　　　2. ややこしくて

　　　　　3. めんどくさくて　　　　4. うとましくて

（　　　）②新しい首相は国民に明朗な政治を約束した。

　　　　　1. 嘘のない　　　　　　　2. 明るい

　　　　　3. 朗らかな　　　　　　　4. 未来のある

（　　　）③彼女はせつない胸の内を明かすと涙を流した。

　　　　　1. つまらない　　　　　　2. つらい

　　　　　3. こころづよい　　　　　4. あっけない

（　　　）④ほとんど勉強しなかったのだから、100点のはずがない。

　　　　　1. やけに　　　　　　　　2. ろくに

　　　　　3. いやに　　　　　　　　4. もろに

（　　　）⑤彼は多くの人をだまして大金持ちになった。

　　　　　1. おだてて　　　　　　　2. おどして

　　　　　3. たずさえて　　　　　　4. あざむいて

（　　　）⑥こんな簡単な試験なら90点は堅い。

　　　　　1. 確かだ　　　　　　　　2. 明確だ

　　　　　3. 正確だ　　　　　　　　4. 認可だ

▉ 問題 4

次の言葉の使い方として最もよいものを、1・2・3・4
から一つ選びなさい。

（　　） ①みはからう

     1. 優秀なエンジニアをみはからって計画を進めた。

     2. 見たところ、みはからって問題にする点は全くない。

     3. もうすぐ新しい大臣をみはからう時期である。

     4. 食事が済んだころをみはからって訪れるべきだ。

（　　） ②もてる

     1. 先生はいつも荷物がたくさんもてる。

     2. 父は取引先のお客さんからひどくもてる。

     3. 彼は子供の頃から女性にとてももてる。

     4. 京都ではお寺をたくさんもてる。

（　　） ③かさむ

     1. こんなにもたくさん入れると箱がかさんでしまう。

     2. 今月は食費と交際費がかさんで赤字だ。

     3. 父は木をかさんですてきな犬小屋を作った。

     4. 雨が続くと洗たく物がかさんで困る。

（　　） ④うわまわる

     1. この病院は最新の設備をうわまわることで知られている。

     2. 今回のテストの平均点は80点をうわまわるだろう。

     3. これは今までの努力をうわまわる見事な結果だ。

     4. 社長は会社の方針をうわまわるよう指示を出した。

（　　　）⑤ナンセンス

    1. 最近のドラマはナンセンスなストーリーのものが多くて嫌だ。

    2. 話し相手がいないのはじつにナンセンスである。

    3. 問い詰められてナンセンスな気持ちになった。

    4. 彼女は恋人と別れてナンセンスな気分に陥っている。

（　　　）⑥ふまえる

    1. きっぱりとした態度をふまえて判断を下した。

    2. 子供には愛情をふまえて接するべきである。

    3. お金がたまったら新しい家をふまえる予定だ。

    4. 現実をふまえて方針を立てなければ必ず失敗する。

解答

▌問題 1

① 3　　② 1　　③ 2　　④ 2　　⑤ 1　　⑥ 4

▌問題 2

① 1　　② 2　　③ 2　　④ 3　　⑤ 2　　⑥ 1

⑦ 3

▌問題 3

① 3　　② 1　　③ 2　　④ 2　　⑤ 4　　⑥ 1

▌問題 4

① 4　　② 3　　③ 2　　④ 2　　⑤ 1　　⑥ 4

副 詞

◆あいにく 0 副 ナ形 不巧、掃興

◆あえて [敢えて] 1 副 勉強、故意、特別

◆あっさり 3 副 清淡地、淡泊地、簡單地、輕易地

◆あらかじめ [予め] 0 副 預先、事先

◆あんのじょう [案の定] 3 副 果然、不出所料

◆いかに 2 副 如何、多麼、無論多麼

◆いかにも 2 副 的確、實在

◆いたって 0 2 副 非常、極其

◆いっそ 0 副 倒不如、寧可、斷然、乾脆

◆いったい [一体] 0 副 一般、究竟、本來

◆いまさら [今更] 0 1 副 事到如今、再～

◆いまだ [未だ] 0 副 尚（未）、至今仍

◆いやいや [嫌々] 0 副 無奈、勉強、不得已

◆いやに [嫌に] 2 副 非常、異常地

◆うっかり 3 副 恍神、不留神、心不在焉

◆うんざり 3 副 厭煩

◆おどおど 1 副 提心吊膽、戰戰兢兢

◆がっくり 3 副 沮喪地、突然（急轉直下）

◆がっしり 3 副 結實地、堅固地

◆がっちり 3 副 緊密地、精打細算

◆かつて [曾て] 1 副 曾經、（後接否定）從（未）～

◆かねて [予て] 1 副 事先、以前、老早

◆かろうじて 0 2 副 好不容易才、勉勉強強

◆かわるがわる [代（わ）る代（わ）る] 4 副 輪流、依次

◆きちっと 2 副 （同「きちんと」）整齊地、整潔地、精準地

◆きっかり 3 副 正好、恰好、清晰

◆きっちり 3 副 緊密地、（多用於數量、時間）正好、剛好

◆きっぱり 3 副 斷然、乾脆

◆くっきり 3 副 鮮明、清楚

◆ぐっすり 3 副 沉沉地（睡）

◆ぐっと 0 1 副 一口氣、強烈地

◆げっそり 3 副 突然瘦下來、頓時變得很沮喪

◆こっそり 3 副 偷偷地、悄悄地

◆ことごとく 3 副 所有、全部、完全

◆ことに [殊に] 1 副 格外、特別

....

◆さぞ 1 副 （後接推量）想必

◆さっと 1 0 副 一下子、迅速、忽然

◆さも 1 副 確實、好像

◆しいて [強いて] 1 副 強迫、勉強

◆じき [直] 0 副 立刻、馬上

◆しっかり 3 副 可靠、振作、堅定、穩健、紮實

◆じっくり ③ 副 慢慢地、仔細地

◆じょじょに [徐々に] ① 副 徐徐地、慢慢地

◆しょっちゅう ① 副 總是、經常

◆すっかり ③ 副 完全、徹底

◆すっきり ③ 副 舒暢、暢快

◆すでに [既に] ① 副 已經

◆ずばり ② 副 直接了當、一針見血、俐落地

◆ずらっと ② 副 一整排

◆ずるずる ① 副 滑溜溜、拖拖拉拉

◆たちまち ⓪ 副 突然、一下子

◆ちやほや ① 副 奉承、寵（小孩）

◆ちらっと ② 副 一眼、一閃、晃一下

◆つくづく ③ ② 副 深深覺得、直盯著

◆つとめて [努めて] ② 副 盡量、盡可能

◆てんで ⓪ 副 根本、完全

◆どうにか ① 副 勉強、無論如何都要、好歹、想辦法

◆どうやら ① 副 總算、總覺得、好像

◆とかく ⓪ 副 總之、總會

◆ときおり [時折] ⓪ 副 有時、偶爾

◆とっさに ⓪ 副 一瞬間

◆とりあえず ③ ④ 副 姑且

◆とりわけ 0 副 特別、格外

◆なおさら 0 副 更

◆なにとぞ 0 副 請、想辦法

◆なるたけ 0 副 盡量

◆なんだか [何だか] 1 副 是什麼、總覺得

◆はらはら 1 副 飄（落）、捏一把冷汗

◆ひたすら 0 副 一味、只顧

◆びっしょり 3 副 ナ形 濕透

◆ひょっと 0 1 副 忽然、偶然

◆ぶかぶか 1 副 寬大不合身、（吹樂器時發出的低沉聲音）噗噗

◆ふらふら 1 副 游移不定、糊里糊塗、搖搖晃晃

◆ぶらぶら 1 副 擺動、蹓躂、賦閒

◆ぺこぺこ 1 副 癟、點頭哈腰

◆ほっと 0 1 副 嘆氣、放心

◆ぼつぼつ 1 副 漸漸、慢慢、點點

◆ほとんど 2 副 名 大部分、大概、幾乎

◆まことに 0 副 誠心誠意

◆まさしく 2 副 的確

◆まして 1 副 何況、況且

◆まるっきり 0 副 （同「まるきり」）完全、全然

◆むろん [無論] 0 副 當然、不用說、自不待言

◆もしかして 1 副 如果、萬一、或許

◆もっぱら [専ら] 0 1 副 ナ形 專心、專擅

◆もはや 1 副 已經

◆もろに 1 副 完全、直接、全面

◆やけに 1 副 過於、非常

◆ろくに 0 副 （後接否定）滿意、充分、很好

連 語

◆あしからず 連語 原諒、見諒、別見怪

◆いいかげん [いい加減] 連語 適度、適當

◆いつのまにか 連語 不知不覺地

....

◆かなわない 連語 敵不過、受不了

◆かもしれない 連語 也許

◆きにいる [気に入る] 連語 喜歡、滿意、看上

◆くだらない 連語 無聊的、沒用的、無價值的

◆ことによると [事によると] 連語 也許

◆このあいだ [この間] 連語 上次、之前

◆このごろ [この頃] 連語 最近

....

◆しかたがない [仕方がない] 連語 沒辦法

◆しょうがない / しようがない [仕様がない] 連語 沒辦法

◆そういえば 連語 說起來

....

◆たまに 連語 偶然、偶爾、不常

◆たまらない 連語 受不了、～（得）不得了

◆ちがいない [違いない] 連語 一定

◆できるだけ 連語 盡可能、盡量

◆なにより 連語 再好不過

◆なんだかんだ 連語 這樣那樣、這個那個

◆にもかかわらず 連語 也不管、也不在乎

◆やむをえない 連語 不得已、沒有辦法

接續詞

◆あるいは [或いは] 2 接續 或、或者

◆こうして 0 接續 如此一來

◆さて 1 接續 （用於承接下一個話題時）那麼

◆したがって 0 接續 因此

◆すなわち 2 接續 即、換言之

◆それとも 3 接續 或、還是

◆それゆえ 0 3 接續 因此、正因如此

◆なお 1 接續 又、再者

◆ならびに [並びに] 0 接續 以及

◆もっとも [尤も] 3 1 接續 然而

◆インフレ 0 名 （「インフレーション」的簡稱）通貨膨脹

◆カルテ 1 名 病歷、醫療記錄

◆コンパス 1 名 圓規、羅盤、步幅

◆サイクル 1 名 周期、循環、腳踏車

◆システム 1 名 系統

◆ジャンル 1 名 種類

◆ショック 1 名 打擊

◆スタイル 2 名 風格、身材

◆ストップ 2 名 停止、停靠站

◆ストレス 2 名 壓力

◆スマート 2 ナ形 苗條、瀟灑、時髦

◆ソックス 1 名 短襪

◆ソフト 1 名 ナ形 柔軟、（「ソフトウエア」的簡稱）軟體

◆ダウン 1 名 往下、倒下、病倒

◆ダブル 1 名 兩倍

◆デザイン 2 名 設計

◆デッサン 1 名 素描

◆ドリル 1 0 名 反覆練習、習題、鑽孔機

◆ナンセンス **1** **名** **ナ形** 無意義（的話）、廢話

◆パート **1** **名** 部分、篇章、兼職人員

◆ファイル **1** **名** 歸檔、文件夾、檔案、文件

◆ペース **1** **名** 速度、步調、進度

◆ベスト **1** **名** 最好、全力

◆ポット **1** **名** 壺、熱水瓶

◆マーク **1** **名** 記號、標章、紀錄、盯上、標記

◆ムード **1** **名** 氣氛、情緒、（文法）語氣

◆メディア **1** **名** 媒體

◆ライス **1** **名** 米飯

◆レース **1** **名** 蕾絲、旋盤、人種、競賽

◆レベル **1** **名** 水準、程度、水平線、水平儀

◆ワット **1** **名** 瓦、瓦特（電力單位）

附錄

新日檢「Can-do」檢核表

　　日語學習最終必須回歸應用在日常生活，在聽、說、讀、寫四大能力指標中，您的日語究竟能活用到什麼程度呢？本附錄根據JLPT官網所公布之「日本語能力測驗Can-do自我評價調查計畫」所做的問卷，整理出75條細目，依「聽、說、讀、寫」四大指標製作檢核表，幫助您了解自我應用日語的能力。

聽

> 目標：在各種場合下，以自然的速度聽取對話、新聞或是演講，詳細理解話語中內容、提及人物的關係、理論架構，或是掌握對話要義。

□1. 政治や経済などについてのテレビのニュースを見て、要点が理解できる。

　　在電視上看到政治或經濟新聞，可以理解其要點。

□2. 仕事や専門に関する問い合わせを聞いて、内容が理解できる。

　　聽到與工作或是專長相關的詢問，可以理解其內容。

□3. 社会問題を扱ったテレビのドキュメンタリー番組を見て、話の要点が理解できる。

　　觀賞電視上有關社會問題的紀錄片節目，可以理解其故事的要點。

□4. あまりなじみのない話題の会話でも話の要点が理解できる。

　　即使是談論不太熟悉的話題，也可以理解其對話的重點。

□5. フォーマルな場（例：歓迎会など）でのスピーチを聞いて、だいたいの内容が理解できる。

在正式場合（例如迎新會等）聽到演說，可以理解其大致的內容。

□6. 最近メディアで話題になっていることについての会話で、だいたいの内容が理解できる。

從最近在媒體上引起話題的對話中，能夠大致理解其內容。

□7. 関心あるテーマの議論や討論で、だいたいの内容が理解できる。

對於感興趣的主題，在討論或辯論時，可以大致理解其內容。

□8. 学校や職場の会議で、話の流れが理解できる。

在學校或工作場合的會議上，可以理解其對話的脈絡。

□9. 関心あるテーマの講義や講演を聞いて、だいたいの内容が理解できる。

對於感興趣的講課或演講，可以大致理解其內容。

□10. 思いがけない出来事（例：事故など）についてのアナウンスを聞いてだいたい理解できる。

聽到出乎意料之外的事（例如意外等）的廣播，可以大致理解其內容。

□11. 身近にある機器（例：コピー機）の使い方の説明を聞いて、理解できる。

聽到關於日常生活中常用機器（例如影印機）的使用說明，可以聽得懂。

□12. 身近で日常的な話題についてのニュース（例：天気予報、祭り、事故）を聞いて、だいたい理解できる。

聽到關於日常生活的新聞（例如天氣預報、祭典、意外），大致可以理解。

□13. 身近で日常的な内容のテレビ番組（例：料理、旅行）を見て、だいたい理解できる。

看到關於日常生活的電視節目（例如料理、旅行），大致可以理解。

□14. 店での商品の説明を聞いて、知りたいこと（例：特徴など）がわかる。

在商店聽取商品的介紹，可以聽懂想了解的重點（例如特徵等）。

□15. 駅やデパートのアナウンスを聞いて、だいたい理解できる。

聽到車站或百貨公司的廣播，可以大致理解。

□16. 身近で日常的な話題（例：旅行の計画、パーティーの準備）についての話し合いで、話の流れが理解できる。

聊到關於日常生活的話題（例如旅行計畫、宴會準備），可以理解話題的脈絡。

□17. アニメや若者向け映画のような単純なストーリーのテレビドラマや映画を見て、だいたいの内容が理解できる。

看動畫或是給年輕人看的情節單純的連續劇或是電影，可以大致理解其內容。

□18. 標準的な話し方のテレビドラマや映画を見て、だいたい理解できる。

看發音、用語標準的連續劇或是電影，可以大致理解其內容。

□19. 周りの人との雑談や自由な会話で、だいたいの内容が理解できる。

跟身邊的人談天或對話，可以大致理解其對話內容。

說

目標：1. 可以有條理地陳述意見、發表演說闡明論點。

　　　2. 日常生活與他人溝通無礙。

□1. 関心ある話題の議論や討論に参加して、意見を論理的に述べることが
できる。

可以加入討論或辯論有興趣的話題，有條理地陳述意見。

□2. 思いがけない出来事（例：事故など）の経緯と原因について説明する
ことができる。

可以陳述意料之外的事（例如意外等）的來龍去脈和原因。

□3. 相手や状況に応じて、丁寧な言い方とくだけた言い方が使い分けられ
る。

可以根據對象或狀況，區分使用較有禮貌以及較輕鬆的說法。

□4. 最近メディアで話題になっていることについて質問したり、意見を
言ったりすることができる。

可以針對最近在媒體上引起話題的事物提出問題或是陳述意見。

□5. 準備をしていれば、自分の専門の話題やよく知っている話題について
プレゼンテーションができる。

如果經過準備，就可以發表自己的專長領域或熟悉話題。

□6. 使い慣れた機器（例：自分のカメラなど）の使い方を説明することが
できる。

可以說明自己慣用機器（例如自己的相機等）的使用方法。

□7. クラスのディスカッションで、相手の意見に賛成か反対かを理由とと
もに述べることができる。

在課堂的討論中，可以陳述贊成或反對對方的理由。

□8. アルバイトや仕事の面接で、希望や経験を言うことができる（例：勤
務時間、経験した仕事）。

打工或正職的面試中，可以陳述希望或經歷（例如工時、工作經歷）。

□9. 旅行中のトラブル（例：飛行機のキャンセル、ホテルの部屋の変更）
にだいたい対応できる。

旅行途中遇到狀況（例如航班取消、飯店房間變更），大致可以應付。

□10. 最近見た映画や読んだ本のだいたいのストーリーを紹介することが
できる。

最近看的電影或是閱讀的書，可以大致介紹其故事內容。

□11. 旅行会社や駅で、ホテルや電車の予約をすることができる。

可以在旅行社或車站預約飯店或是預購車票。

□12. 準備をしていれば、自分の送別会などフォーマルな場で短いスピー
チをすることができる。

如果經過準備，可以在自己的歡送會等正式場合做簡短的演說。

□13. よく知っている場所の道順や乗換えについて説明することができる。

可以向人說明熟悉的地點的路線或是轉乘方式。

□14. 友人や同僚と、旅行の計画やパーティーの準備などについて話し合うことができる。

可以和朋友或是同事就旅行計畫或是籌備宴會進行討論。

□15. 体験したこと（例：旅行、ホームステイ）とその感想について話すことができる。

可以陳述對於體驗過的事物（例如旅行、homestay）和其感想。

□16. 店で買いたいものについて質問したり、希望や条件を説明したりすることができる。

在商店可以對於想買的物品提出詢問，或是說明需求或條件。

□17. 電話で遅刻や欠席の連絡ができる。

遲到、缺席時，可以用電話聯繫。

□18. 相手の都合を聞いて、会う日時を決めることができる。

可以詢問對方的狀況，決定約會的日程。

□19. 身近で日常的な話題（例：趣味、週末の予定）について会話ができる。

對於日常生活的話題（例如興趣、週末的預定事項），可以進行對談。

讀

目標：1. 閱讀議題廣泛的報紙評論、社論等，了解複雜的句子或抽象的文章，理解文章結構及內容。

2. 閱讀各種題材深入的讀物，並能理解文脈或是詳細的意含。

□1. 論説記事（例：新聞の社説など）を読んで、主張・意見や論理展開が理解できる。

閱讀論述性的報導（例如報紙社論等），可以理解其主張、意見或是論點。

□2. 政治、経済などについての新聞や雑誌の記事を読んで、要点が理解できる。

閱讀政治、經濟等報章雜誌報導，可以理解其要點。

□3. 仕事相手からの問い合わせや依頼の文書を読んで、理解できる。

可以閱讀並理解工作上接收到的詢問或請託文件。

□4. 敬語が使われている正式な手紙やメールの内容が理解できる。

可以理解使用敬語的正式書信或電子郵件內容。

□5. 人物の心理や話の展開を理解しながら、小説を読むことができる。

可以在理解書中角色的心理或是對話的脈絡中閱讀小說。

□6. 自分の仕事や関心のある分野の報告書・レポートを読んで、だいたいの内容が理解できる。

閱讀與自身工作相關或是感興趣領域的報告，可以大致理解其內容。

□7. 一般日本人向けの国語辞典を使って、ことばの意味が調べられる。

能使用一般日本人用的「國語辭典」，查詢字詞的意思。

□8. 関心のある話題についての専門的な文章を読んで、だいたいの内容が
理解できる。

閱讀自己感興趣的專門領域的文章，可以大致理解其內容。

□9. エッセイを読んで、筆者の言いたいことがわかる。

閱讀散文，可以了解作者想表達的事物。

□10. 電子機器（例：携帯電話など）の新しい機能であっても、取扱説明
書を読んで、使い方がわかる。

電子用品（例如手機等）即使有新功能，只要閱讀說明書就可以了解
使用方式。

□11. 家庭用電化製品（例：洗濯機など）の取扱説明書を読んで、基本的
な使い方がわかる。

閱讀家電（例如洗衣機等）的使用說明書，可以知道基本的使用方式。

□12. 身近で日常的な話題についての新聞や雑誌の記事を読んで、内容が
理解できる。

閱讀報紙或雜誌中與日常生活相關的報導，可以理解其內容。

□13. 旅行のガイドブックや、進学・就職の情報誌を読んで、必要な情報が
とれる。

可以閱讀旅遊導覽書或升學、就業資訊雜誌，擷取需要的資訊。

□14. 生活や娯楽（例：ファッション、音楽、料理）についての情報誌を読んで、必要な情報がとれる。

可以閱讀生活或娛樂（例如時尚、音樂、料理）的資訊雜誌，擷取需要的資訊。

□15. 商品のパンフレットを見て、知りたいこと（例：商品の特徴など）がわかる。

可以閱讀商品簡章，並了解想知道的內容（例如商品的特徵等）。

□16. 図鑑などの絵や写真のついた短い説明を読んで、必要な情報がとれる。

可以從圖鑑等的圖片或照片的簡短說明，擷取需要的資訊。

□17. 短い物語を読んで、だいたいのストーリーが理解できる。

閱讀簡短的故事，大致可以理解其內容。

□18. 学校、職場などの掲示板を見て、必要な情報（例：講議や会議のスケジュールなど）がとれる。

可以從學校、職場的公佈欄上，擷取必要的資訊（例如授課或會議的日程等）。

寫

目標：1. 能以論說文或說明文等文體撰寫文章、演講稿或是學術報告。

　　　2. 能撰寫正式表格及信函。

□1. 論理的に意見を主張する文章を書くことができる。

可以書寫表達自我意見的論說文。

□2. 目上の知人（例：先生など）あてに、基本的な敬語を使って手紙や

メールを書くことができる。

可以使用基本敬語，寫信或電子郵件給熟識的長輩（例如老師等）。

□3. 料理の作り方や機械の使い方などの方法を書いて伝えることができ

る。

可以寫下製作料理的步驟或是機器的使用方式並教導他人。

□4. 自分の仕事内容または専門的関心（例：研究テーマなど）について簡

単に説明することができる。

可以簡單說明自己的工作內容或是專業上的興趣（例如研究主題等）。

□5. 自分の送別会などでの挨拶スピーチの原稿を書くことができる。

可以寫出在自己的歡送會上等發表謝辭的稿子。

□6. 自分の関心のある分野のレポートを書くことができる。

可以撰寫自己感興趣領域的報告。

□7. 思いがけない出来事（例：事故など）について説明する文章を書くことができる。

可以寫出說明出乎意料之外的事（例如意外等）的文章。

□8. 自国の文化や習慣（例：祭りなど）を紹介するスピーチの原稿を書くことができる。

可以寫出介紹自己國家文化或習慣（例如祭典等）的稿子。

□9. 複数の情報や意見を自分のことばでまとめて、文章を書くことができる。

可以用自己的語言統整各種資訊及意見，並書寫文章。

□10. 学校や会社への志望理由などを書くことができる。

可以撰寫升學或就業的意願及其理由。

□11. 理由を述べながら、自分の意見を書くことができる。

可以一邊闡述理由，一邊書寫自己的意見。

□12. 最近読んだ本や見た映画のだいたいのストーリーを書くことができる。

可以書寫最近閱讀的書或是看的電影的大致情節。

□13. 自分が見た場面や様子を説明する文を書くことができる。

可以將自己的見聞用說明文敘述。

□14. 学校、ホテル、店などに問い合わせの手紙やメールを書くことができる。

可以書寫對學校、飯店、商店等的詢問信函或電子郵件。

□15. 知人に、感謝や謝罪を伝えるメールや手紙を書くことができる。

可以對熟識的人，書寫表達感謝或致歉的電子郵件或信函。

□16. 自分の日常生活を説明する文章を書くことができる。

可以用說明文紀錄自己的日常生活。

□17. 体験したことや、その感想について、簡単に書くことができる。

可以簡單撰寫體驗過的事物或感想。

□18. インターネット上で予約や注文をすることができる。

可以使用網路完成預約或訂購。

□19. 友人や同僚に日常の用件を伝える簡単なメモを書くことができる。

可以書寫簡單的便箋，將日常事項傳達給朋友或同事。

國家圖書館出版品預行編目資料

還來得及！新日檢N1文字・語彙考前7天衝刺班 / 元氣日語編輯小組編著
--初版--臺北市：瑞蘭國際,2012.11
176面；17 x 23公分 --（檢定攻略系列；27）
ISBN：978-986-5953-14-0（平裝）

1.日語 2.詞彙 3.能力測驗

803.189   101019272

檢定攻略系列 27

還來得及！

新日檢N1 文字 語彙 考前7天衝刺班

作者｜元氣日語編輯小組・責任編輯｜周羽恩、呂依臻
審訂｜こんどうともこ

封面、版型設計、排版｜余佳憓
校對｜周羽恩、呂依臻、こんどうともこ、王愿琦・印務｜王彥萍

董事長｜張暖彗・社長兼總編輯｜王愿琦・副總編輯｜呂依臻
副主編｜葉仲芸・編輯｜周羽恩・美術編輯｜余佳憓
企畫部主任｜王彥萍・業務部主任｜楊米琪

出版社｜瑞蘭國際有限公司・地址｜台北市大安區安和路一段104號7樓之1
電話｜(02)2700-4625・傳真｜(02)2700-4622・訂購專線｜(02)2700-4625
劃撥帳號｜19914152 瑞蘭國際有限公司
瑞蘭網路書城｜www.genki-japan.com.tw

總經銷｜聯合發行股份有限公司・電話｜(02)2917-8022、2917-8042
傳真｜(02)2915-6275、2915-7212・印刷｜禾耕彩色印刷有限公司
出版日期｜2012年11月初版1刷・定價｜160元・ISBN｜978-986-5953-14-0

瑞蘭國際